大家小书

民族文话

郑振铎 著

北京出版集团公司
北京出版社

图书在版编目（CIP）数据

民族文话 / 郑振铎著．— 北京 ：北京出版社，2016. 7
（大家小书）
ISBN 978-7-200-12140-7

Ⅰ．①民… Ⅱ．①郑… Ⅲ．①历史故事—作品集—中国—当代 Ⅳ.①I247. 8

中国版本图书馆CIP数据核字（2016）第097723号

总策划：安　东　高立志　　责任编辑：司徒剑萍　高　琪

· 大家小书 ·

民族文话

MINZU WENHUA

郑振铎　著

*

北 京 出 版 集 团 公 司
北　京　出　版　社　出版
（北京北三环中路6号　邮政编码：100120）

网　址：www.bph.com.cn
北京出版集团公司总发行
新　华　书　店　经　销
北京华联印刷有限公司印刷

*

880毫米×1230毫米　32开本　10.5印张　168千字
2016年7月第1版　2022年12月第5次印刷

ISBN 978-7-200-12140-7
定价：36.00元

序　　言

袁行霈

“大家小书”，是一个很俏皮的名称。此所谓“大家”，包括两方面的含义：一、书的作者是大家；二、书是写给大家看的，是大家的读物。所谓“小书”者，只是就其篇幅而言，篇幅显得小一些罢了。若论学术性则不但不轻，有些倒是相当重。其实，篇幅大小也是相对的，一部书十万字，在今天的印刷条件下，似乎算小书，若在老子、孔子的时代，又何尝就小呢？

编辑这套丛书，有一个用意就是节省读者的时间，让读者在较短的时间内获得较多的知识。在信息爆炸的时代，人们要学的东西太多了。补习，遂成为经常的需要。如果不善于补习，东抓一把，西抓一把，今天补这，明天补那，效果未必很好。如果把读书当成吃补药，还会失去读书时应有的那份从容和快乐。这套丛书每本的篇幅都小，读者即使细细地阅读慢慢地体味，也花不了多少时间，可以充分享受读书的乐趣。如果把它们当成补药来吃也行，剂量小，吃起来方便，消化起来也容易。

我们还有一个用意，就是想做一点文化积累的工作。把那些经过时间考验的、读者认同的著作，搜集到一起印刷出版，使之不至于泯没。有些书曾经畅销一时，但现在已经不容易得到；有些书当时或许没有引起很多人注意，但时间证明它们价值不菲。这两类书都需要挖掘出来，让它们重现光芒。科技类的图书偏重实用，一过时就不会有太多读者了，除了研究科技史的人还要用到之外。人文科学则不然，有许多书是常读常新的。然而，这套丛书也不都是旧书的重版，我们也想请一些著名的学者新写一些学术性和普及性兼备的小书，以满足读者日益增长的需求。

“大家小书”的开本不大，读者可以揣进衣兜里，随时随地掏出来读上几页。在路边等人的时候，在排队买戏票的时候，在车上、在公园里，都可以读。这样的读者多了，会为社会增添一些文化的色彩和学习的气氛，岂不是一件好事吗？

“大家小书”出版在即，出版社同志命我撰序说明原委。既然这套丛书标示书之小，序言当然也应以短小为宜。该说的都说了，就此搁笔吧。

一个民族要记住的故事

蒙　木

一代大学者郑振铎，生于戊戌变法稍后的1898年12月；1958年外访途中，因飞机失事而遇难。其著作已经进入公版期，所以他的作品市面上很多，但反复出版的基本上是《插图本中国文学史》等那几部皇皇巨著；而他很多趣味性的小册子似乎被淡忘了，例如这里选择的《民族文话》和《桂公塘》，它们均是作者在抗日期间写就的，为我们讲述一个民族不该忘记的故事。

抗战早期，他在1934年写了《桂公塘》讲南宋末年文天祥故事——文天祥赴元讲和被扣押后，设法逃离，辗转脱险的故事，得名于文天祥《指南录后序》中“坐桂公塘土围中，骑数千过其门，几落贼手死”句。最早载于《文学》月刊第二卷第四期。鲁迅在1934年5月16日给郑振铎的信中说：“得来函后，始知《桂公塘》为先生作，其先曾读一遍，但以为太为《指南录》所拘束，未能活泼耳。”郑振铎接着又写作了《黄公俊之最后》《毁灭》。《黄公俊之最后》写黄公俊参加太平天国，后来为了挽救危局，两次只身前往湘营，试图说降曾国藩和曾国荃，反遭囚禁后慷慨赴难。《毁灭》写明末阮大铖和马士英结党营私，弄权欺诈，最后家国俱毁的可耻悲剧。这三篇作品在1936年结集为《桂公塘》由商务印书馆出版了单行本，署名“郭源新”，列入“文学研究会创作丛书”。

1939年6月郑振铎又创作历史小说《风涛》，写明末东林党人与阉党的斗争，既抨击了魏忠贤的专横残暴，又突出了李应升等人的浩然正气。

比《风涛》创作稍早，1938年春夏间，作者以“源新”为笔名分别于《申报·自由谈》和《鲁迅风》发表了《民族文话》，从周民族立国到孔夫子，共15则先秦故事。本计划写到民国初，却因为上海沦陷而被迫停止。1946年2月该书由国际文化服务社单行出版。郑振铎在《民族文话·自序》中说：“在现在这个异族侵略的时候，我们民族表现得更一致、更勇敢了……在这个伟大的时代，把往古的仁人、志士、英雄先烈们的抗战故事，特别是表现在诗、文、小说、戏曲里的，以浅易之辞复述出来……我们将这往昔的伟大的故事、不朽名著里，学习得：该怎样为我们民族而奋斗。气节、人格、信仰乃是三个同意义的名辞，坚定、忠贞、牺牲乃是每个人所应有的精神。”

在今天的图书市场上《民族文话》和《桂公塘》都不大容易见到了。本书将《风涛》备列《桂公塘》，按照主人公所处的年代重新排一下顺序，作为本书第三编；《民族文话》，新中国成立以来它一直没有单独再版过，列为本书第一编。作者另有和《民族文话》题材相近的《古事新谈》，篇幅最小，列为本书第二编。为尊重作者原意和历史原貌，本书对原作中不符合今天规范的用词和概念均予以保留，不做任何修饰，请读者明鉴。

《古事新谈》的写作背景是：抗战胜利后不久，郑振铎和马叙伦、林汉达、许广平等发起组织“中国民主促进会”，创办《民主》周刊，鼓动全国人民为争取民主、和平而抗争。1946年，作为一位杰出作家和编辑的郑振铎在自己担任主编的这份杂志的第29~33期，发表了《古事新谈》，共24则先秦和西汉故事，除了《囤积居奇》《钱币与粮食》来自《盐铁论》，其余22则全部改写自《史记》。

《古事新谈》不仅仅编写经典老故事，还在部分篇末发了一句直截了当的议论，例如第1篇“秦政焚书坑儒”最后的议论是：“难道今天还有学他样子的人？”第19篇“公仪休不受鱼”最后的议论是：“今日有不与民争利的官么？”理解这些故事和议论的针对性，我们可以参看他同期发表的《把主人当作了什么人？！》（1946年5月25日《周报》第38期）：

> 中华民国的主人们，何曾做过一日的主人呢？
>
> ……民主不是赐予的，是要争取的。不争取，便不会有民主政治的实现。赐予的民主，决不是真的民主。我们人民们很明白这一点。我们不能不积极奋起的向争取民主的大路上走去。前途的绊脚石还多极多极。但不用怕，一个个的把他们搬移开去便好了！但要有勇气，有耐力去搬移。
>
> ……争取民主，争取人民的基本的权利与自由，这是今日一切政党的目标，更是某一个政党里进步分子们所应尽心致力于此的假如那个政党还想存在下去的话。

这些匕首般的议论正是古事值得新谈的意义。所有历史故事，重新讲述的价值就在于对思考当下问题有所启发。历史事件真相湮没难辨，留下的乃是古人所谓三不朽的立言，要么是“喻世明言”，传递一个群体的光荣梦想；要么是“警世通言”，告诉我们要从失败中汲取的教训。本书第一编《民族文话》和第三编之《桂公塘》《风涛》《黄公俊之最后》，属于“喻世明言”。本书第二编《古事新谈》和第三编之《毁灭》，属于“警世通言”。

庄子有所谓得意忘言，为了这个警醒世人、晓谕世人的“意”，故事本身的真实性都不是那么重要。例如黄公俊，根据罗尔纲的考订，太平天国根本没有这个人（罗尔纲于1934年12月在《大公报》上发表《读太平天国诗文钞》）。后来南社诗人胡怀琛也在上海《时事新报》承认自己为了反对清朝，鼓吹革命而捏造一个太平天国叫黄公俊的人写的诗文。

本书几乎囊括了郑振铎所编写的中国历史故事。他们均有关乎民族存续和民生抗争重大指向，是作者在我们民族面临危机和转型的时候，为了提高民族凝聚力、鼓舞民气而讲述的故事。至于1957 年，郑振铎还写出以屈原为主人翁的《汨罗江》，因为其写作背景和以前大不相同，本书就割舍了。作者另有《取火者的逮捕》等古希腊故事的演绎，歌颂普罗米修斯盗火的反抗精神，但不是本书编选范围，所以也割舍了。

历史故事是常读常新的，借用《古事新谈》第二篇“刘邦打陈豨”最后的话：

> 这是一个很老的故事了，不过我们读起来不还是很新鲜么？

目 录

第一编 民族文话

第二编　古事新谈

第一编　民族文话

自序

我中华民族在发展的过程里，经历的“惊风骇浪”实不在少数；但却继续的发展下去；消纳了无数的少数民族，扩大了许多的领域。到了现在，我中华民族是：汉、满、蒙、回、藏和其他小民族的一个集体。经过了几百年乃至几千年的同化、消纳、混合、迁移的种种阶段，我中华民族已混然的凝为一体；成为不能离间，不能分拆的一个集体。

我中华民族是最古老的民族之一，却始终维持着最年青的面貌。我们民族不仅并没有衰老，而且还是最年青的在积极发展着的。——这一个民族是永远不会衰老的！

虽然有许多民贼，便利个人的私图，以“家天下”之私心，用尽了间接或直接的方法，来阻碍全民族的发展，来摧残士气，来压抑人民的进步，来剥削人民的生活的权利，然而我们的先哲，我们的无量数的人民，却继续的在重重压迫之下，大无畏的反抗着，呼号着，发展着。像长江大河的东流，没有一个阻碍能够阻止我们民族的整个的生存与发展的。

我们民族是一个慷慨悲歌，舍生取义的民族；没有一个民贼，没有一次外来的侵略，能够消减了，或减低了我们民族意识的。我们民族必要而且必能继续的生存下去、发展下去！

诚然，我们民族曾经经过了不少的“惊风骇浪”，曾经经过了几个黑暗的时期，然而每一次风平浪静之后，每一个黑暗时期之后，一个更光明的时代便很快的跟着来了。不仅不曾打击着我们的生活力，而且只有更坚定了我们的信仰！我们民族必要而且必能继续的生存下去、发展下去！

在现在这个异族侵略的时候，我们民族表现得更一致、更勇敢了；回族的勇士们和山东、广西的健儿比肩的在作战；满族、蒙族的长老和有志之士们则在中央共同策划着大政方针。我们现在不是为了一家一姓或一朝一代而争斗着，我们是为了整个民族的生存和解放而争斗着的；我们是整个民族成为一体而一致争斗着的。其意义较历来之对外抗战更为深刻、更为澈底、更为重大。

在这个伟大的时代，把往古的仁人、志士、英雄先烈们的抗战故事，特别是表现在诗、文、小说、戏曲里的，以浅易之辞复述出来，当不会是没有作用的。

我们知道：往哲们是怎样的慷慨激昂的在呼号着，在鼓励着、在抗争着。我们崇敬他们的火般的热情，钢铁般的意志，赴死如归的精神，百折不挠的勇气。我们将在这往昔的伟大的故事、不朽名著里，学习得：该怎样为我们民族而奋斗。气节、人格、信仰乃是三个同意义的名辞，坚定、忠贞、牺牲乃是每个人所应有的精神。每一个人，都应为“大我”而牺牲“小我”。成功不必“自我”。“先天下之忧而忧，后天下之乐而乐”。人人有此信念，民族乃得永生。读着往哲先民们的故事和名著，乃更坚定了我们的这个信仰。

是为序。

中华民国二十七年五月十日

一　周民族的史诗

在晋室东迁以前，我中华民族始终是一个征服者的民族，以黄河流域为中心而向南、向西、向北发展着。

三皇五帝的事，“缙绅先生难言之”。最可靠的史料，直接可得的史料，实始于殷、周民族。惟殷民族的文献，虽经近数十年来的殷墟的发掘工作，而所得过于零碎，且中央研究院所有的重要的收获，也都未发表，所以我们的这个探讨工作，只好开始于周。

在《诗经》里关于民族的史诗很不少。《生民》一篇是写后稷的出生和功业的。后稷为周的始祖，是帝喾之后。周民族以后稷这个“农师”（《吴越春秋》：尧乃拜弃为农师，封之邰。）为始祖，这可说明：周民族已是一个农业的民族；周的时代已进入农业社会的阶段。《公刘》一篇，写公刘避桀迁居于豳的经过。一个农业民族的迁徙，是很不容易的事。故启行之时，必须“乃裹糇粮，于橐于囊”；到了豳时，是“逝彼百泉，瞻彼溥原；乃陟南冈，乃觏于京”；复慎重的“既溥既长，既景乃冈；相其阴阳，观其流泉。其军三单，度其隰原，彻田为粮，度其夕阳，豳居允荒”；然后他才“于豳斯馆，涉渭为乱。取厉取锻，止基乃理”；在《绵》里，写古公亶父的由豳迁岐，也是很有声色的。但在《绵》里，没有说明周民族为什么要由豳迁岐。据《史记》，是因为戎狄的侵略；古公亶父予之财物，但还侵略不已，欲得地与民。他只好偕其私属去豳，逾梁山，止于岐下，豳人举国尽复归古公岐下。“于是古公乃贬戎狄之俗而营筑城郭室屋，而别邑居之。”《绵》里写古公营筑的事很详细。这时周文化是更进一步了。

古公子季历嗣立，遂以岐为基础，而伐西落鬼戎，伐燕京之戎，克余无之戎，伐始呼翳徒之戎。殷太丁命他为牧师。这时，周民族的兵威是很强盛的。但《诗经·皇矣》一篇里，说季历的，只有第二、第三两章；如说季历的事，只有“因心则友，则友其兄”及“其听克明”“王此大邦，克顺克比”的几句话，并没有铺张扬厉的写着他克敌伐戎的故事。

但《皇矣》对于文王却大大的歌颂着。“密人不恭，敢距大邦”，于是“王赫斯怒，爰整其旅，以遏徂旅，以笃周祜，以对于天下”。这便是为周，也为天下而给打击者以打击的一次战争。

“依其在京，侵自阮疆，陟我高冈。无矢我陵，我陵我阿，无饮我泉，我泉我池；度其鲜原，居岐之阳，在渭之将。万邦之方，下民之王。”周的疆土是不可侵犯的。经了这次的战争之后，周便“四方以无侮”了。他灭了密（密须）之后，又败耆国，伐邘，更进而灭崇。他还西拒昆夷，北备猃狁，谋武以昭威怀（《周书·序》）。殷纣不得［不］赐以“西伯”之号。关于文王的诗还有《灵台》《文王》等篇。

周民族的发展是很快的；从古公定居于岐，没有多少时候，便成为西方诸侯之长，而自命为“大邦”，为“下民之王”。

到了他的儿子武王，便起兵东向，与殷商争夺中原了。

在《今文尚书》二十八篇里，关于武王伐纣的，有《牧誓》一篇；但在《古文尚书》里便多出了《泰誓》三篇，《武成》一篇。在《汲冢周书》里更有《酆谋解》《寤敬解》《和寤解》《武寤解》《克寤解》等篇。这是周民族统治中原的大事业的开始，故铺张扬厉至此。在《诗》里也有《大明》，写伐纣之事。“殷商之旅，其伯如林”，这是写纣兵之众，然而武王有必胜之心。“上帝临女，无贰尔心”，万众一心，遂克了纣军，奠定了帝业。还有《武》《桓》《文王有声（下半篇）》《下武》《时迈》等都是颂歌武王的功业的。“桓桓武王，保有厥士。于以四方，克定厥家。”（《桓》）只有万众一心，才能成就了克殷的大业。

周民族的成功是我中华民族更伟大的成就了向外发展的开始。

二　武王伐纣

西伯姬发的势力一天天的大了；终于在民国纪元前三千零三十三年（公元前一一二二年）起大兵，从孟津渡过黄河，大败纣师于牧野。纣登鹿台自焚死。姬发遂代殷而占领了“中国”，称为武王。其由岐丰出发，东南下而扩张其势力于黄河的中流及下游，正和秦始皇的统一六国的情形有些相同。关于武王伐纣的故事，今所传的已经都是片面的文章；都是得胜者的纪功纪德，而绝无失败者的呼吁。一切关于纣一方面的文献，差不多都已消灭净尽了。因为像孟子们的儒家的夸饰，纣的失败，遂益成为必然的。因了他的暴虐无道，臣民离心，武王之师一到了牧野，浩浩荡荡的七十万的纣兵便倒戈叛纣，奔溃而散。在《牧誓》里，纣的罪状不过是：“今商王受，惟妇言是用，昏弃厥肆祀弗答，昏弃厥遗王父母弟不迪，乃惟四方之多罪逋逃，是荣是长，是信是使，是以为大夫卿士，俾暴虐于百姓，以奸宄于商邑，今予发，惟恭行天之罚。”以今语译之，不过是宠妇废祀，以疏间亲，任用非人而已，武王因此便“恭行天之罚”，未免有小题大做，越俎代庖之嫌。后来的三篇《泰誓》及《史记》的记载，便硬替纣添做了许多罪恶。好像武王之讨伐真是仁德之主，替天行道，替民伐罪似的。殷商已灭，纣已失败，还有谁来辨正这些歪曲的记载呢？

然而在许多古书的记载里，究竟不能完全一致，完全统一。在他们的矛盾之间，我们到可看出这次讨伐战的一些真相来。

《武成》有“血流漂杵”之语，可见当时那一场战争的激烈异常。孟子因为和他的理论不合，便有“尽信书不如无书”之叹。

《周书》纪载武王馘俘的数目很惊人。“武王远征四方，凡憝国九十有九国，馘魔亿有十万七千七百七十有九；俘人三亿万有一百三十；凡服国六百五十有二。”这记载也许有些涉于夸大。然而武王得天下之非“兵不血刃”则可概见。亡国的民族，自己的历史虽然常被消灭了，然而得胜者的纪功碑，终难一手掩尽天下之耳目的。

元人有《武王伐纣书》；明许之琳有《封神传》，皆写殷周二族之战；虽野语小说，人神杂糅，却没有正史那样的歪曲史实。

当时，殷之遗民伯夷、叔齐，义不食周粟，隐于首阳山，采薇而食之。及饿且死，作歌。其辞曰：“登彼西山兮，采其薇矣；以暴易暴兮，不知其非矣。神农虞夏，忽已没兮；我安适归矣？于嗟徂兮，命之衰矣！”遂饿死于首阳山。（《史记·伯夷列传》）这恐怕是殷遗民文学里的惟一的作品了。

孟子曰：“伯夷非其君不事，非其友不友。不立于恶人之朝，不与恶人言。立于恶人之朝，与恶人言，如以朝衣朝冠，坐于涂炭。推恶恶之心，思与乡人立，其冠不正，望望然去之，若将浼焉。是故诸侯虽有善其辞命而至者，不受也。不受也者，是亦不屑就已。”（《孟子·公孙丑上》）

以这样的清介之士，当然要叹息着“以暴易暴”而不食“周”粟以死了。

清初，有一部小说，名为《豆棚闲话》，颇寄托着亡国遗黎的哀痛与呻吟；其中有一则故事，名为《首阳山叔齐变节》，借着叔齐的名字，来嘲骂明末的逸民出来应试求官的故事，所谓“一阵夷齐下首阳”者是。《桃花扇》的最后一句（余韵）借着搜访山林隐逸的皂隶之口，说道：“你们不晓得，那些文人名士，都是识时务的俊杰，从三年前俱已出山了。目下正要访拿你辈哩。”正与《豆棚闲话》的作者同一的在讽嘲着那些亡国士大夫。

然而，殷之遗民的叔齐却平空的受到了无妄之灾！

像伯夷、叔齐那样的遗民在当时一定不少。可惜“历史”是被战胜者所湮没了。

三　殷之“顽民”

周武王灭殷七年，殷的“顽民”便又起了一次变乱。——一次苦斗二年的复国运动。所谓“顽民”是周人的说法。在我们看来便是所谓遗民或“义士”。殷虽被灭，纣虽亡，“中原”虽被占领，而殷人复国之心终未死。明人张燧说：“夫以怀王之死，楚人尚且悲愤不已，有楚虽三户，亡秦必楚之语，况六百年仁恩之如渗漉者哉！”（《千百年眼》卷一）这话是很公平的。

《史记》谓：武王为殷初定未集，乃使其弟管叔鲜，蔡叔度，相禄父治殷。这里面恐怕有文章。所谓“殷之馀民”便是被馘之余的殷民，被一古脑儿赶到邶去。虽仍以禄父（武庚）为其领袖，却派管，蔡二叔在紧紧的监视着他。其防卫之方，不可谓不严密。

然而，禄父必是一个有心人，或可以说是，像越王勾践一类的人，其左右也必定有“能人”。我们看，他竟会把管、蔡二叔说服，和他成了一气；把奄人、徐人和淮夷都结成了联盟的关系，而周人却始终未曾提防到这，可见其手段的如何高强。

等到武王一死，成王还幼（只有十三岁）周公居冢宰摄政，他的机会便到了。管蔡乃流言于国，说是：“公将不利于孺子。”周公乃辞位避居于东。这方法是很利害的。或是禄父用巧言挑动管蔡二叔的倒周公而代之吧。张隧说道：“三叔武庚之叛，同于叛而不同于情。武庚之叛，意在于复商；三叔之叛，意在于得周也。至于奄之叛，意不过于助商，而淮夷之叛，则外乘应商之声，内撼周公之子，其意又在于鲁。”而其实，主动的人却是武庚。他们在当时，声势相当的盛，“东至于奄，南及于淮夷徐戎”，“所谓山东大抵皆是反者也。”

这时候，武庚们必有几篇慷慨激昂的好文章，如今却都被湮没了。所谓周公居东所做的《七月》等诗篇都不大可靠，然而《大诰》一篇却是可靠的。这是《牧誓》一类的誓师词。“天惟丧殷。若穑夫，予曷敢不终朕亩”便是所谓斩草除根意。

周公奉成王命征东。这次“殷顽”和周师的战争必定是很艰苦的。盖历二年而始“毕定”。然而徐戎淮夷终于是不会完全被灭除，——虽然武庚和管叔是被杀了；蔡叔是被放了。

咏东征的诗，见于《诗经》的，有两首，一是《破斧》：“既破我斧，又缺我斨。周公东征，四国是皇。哀我人斯，亦孔之将！”这是征人的诗，当时战争之烈，于此可见。一是《东山》：“我徂东山，慆慆不归。我来自东，零雨其蒙。我东曰归，我心西悲。制彼裳衣，勿士行枚。蜎蜎者蠋，烝在桑野。敦彼独宿，亦在车下。”这是行役之去远征于外，怀念室家，恨不得奔驰而归。然而在三年不见之后，却见到他的“人”嫁给了别一家。这首美好的诗篇，恐怕不见得与周公东征之事有关。

最可惜的是，史料和文献皆被战胜者所湮灭无踪，我们对于“殷顽”所写作的好文章，却连一个字也见不到！

在小说里，《列国志传》里提到过这个“殷顽”复国运动的经过，却写得很草率，与正史无甚不同。元人郑光祖著《周公辅成王》杂剧（有《元刊杂剧三十种》本），所写的也不怎么高明。总之一切史料，连后人写的“剧本”都在内，全都是以“周公”为中心的；而“殷顽”的可泣可歌的二年苦闷的复国史，却在我们文学里没有一点痕迹留下来。

四　奄、徐与淮夷

周民族向东南不断的扩张其势力。武王灭殷后，迁“殷之余民”于邶。邶就是现在河南的邶县境。周的壤土开始和江淮一带、东南沿海一带相接。当地的土著，大为不安。周的威力渐渐的有向徐淮及山东东南部地方伸张之姿态。

武庚利用着这一种威胁，很容易的便联合了东境的奄人（其遗址现在山东曲阜县东），东南境的淮夷（“淮、扬二府近海之地皆是”〔胡渭〕[①]，即今江苏北部）及徐人（其遗址在今安徽泗县北）共同起兵抗周。这联军起兵之时是成王二年（公元前一一一六年）奄、徐及淮军进入了邶，和殷军会师。但不久便遭了败北。奄、徐、淮各军皆退守本境，但周军追了过来，目的想直攻到淮泗。可是力量不够，只到了山东

① 胡渭，清代经学家，著有《易图明辨》和《禹贡锥指》。

曲阜境，灭了奄，迁奄君于蒲姑（今山东博兴县东北）就算了。周把奄地给了鲁国。但对于徐淮二夷却暂时改取守势。

但周民族始终没有忘记了这东南的肥沃之土地。成王二十四年（公元前一〇九二年）于越来宾。这表示着周民族已远远的和在大江之南的越民族通声气。康王十六年（公元前一〇六三年），王南巡狩，至九江庐山。其巡狩的目的是很明显的。

于是，不到百年，大政治家的周穆王便勾结了楚人去伐徐。这一段故事很有戏剧性。

这时的徐君，名偃，他的母亲为徐宫人，娠而生卵，弃之水滨。为鹄苍（人名）衔归独狐母家，覆煖之，遂孵成儿。徐君宫中闻之，便又取他回来。长而仁智，袭徐君国。他野心很大，欲舟行上国，乃沟通陈蔡之间。这开辟运河的工程是很巨大的。他得木弓矢，以已得天瑞，遂因以为弓，自称徐偃王。江淮诸侯多伏从；伏从者三十六国。他的势力渐渐的扩大。

周穆王感觉到他的威胁（《后汉书》云："徐夷僭号，乃率九夷以伐宗周，西至河上。穆王畏其方炽，乃分东方诸侯命徐偃王主之。"此事不见他书，恐不可靠），便命造父御骥騄之乘，一日而至楚，令伐徐。偃王仁，不忍斗害其民，为楚所败，逃走彭城武原县东山下，百姓随之者以万数。后遂名其山为徐山。

当王孙厉劝楚王伐徐时，王曰："若信有道，不可伐也。"对曰："大之伐小，强之伐弱，犹大鱼之吞小鱼也，若虎之食豚也。恶有其不得理！"楚王遂与师伐之。徐偃王将死，曰："吾赖于文德而不明武备，好行仁义之道而不知诈人之心，以至于此！"（见《说苑》）这教训是很可以深长思之的！

徐偃王之败在穆王三十五年（公元前九六七年），但就在这一年，楚人便欲北上窥周。亏得被毛伯迁败之于泲，方才阻止了他们的侵入。然而楚人问鼎之心已始于此。

穆王也会南征，至于九江，伐越（公元前九六五年），会诸侯于涂山（公元前九六三年）。涂山在今安徽怀远县境东南。可见周民族的力量这时已经达到了淮河流域。

但淮夷的势力还不会失坠，徐夷也不会全灭。周厉王三年（公元前八七六年）淮夷便会大举西侵，到了洛阳。

周宣王即位不久，周的兵力才复振。宣王六年（公元前八二二年），王命召虎伐淮夷，又伐徐人。在《诗经》里曾留下了几篇重要的记功诗。《江汉》写的是召虎平淮夷事："江汉浮浮，武夫滔滔。匪安匪游，淮夷来求……四方既平，王国庶定。时靡有争，王心载宁。”《常武》写的是讨伐徐人的事：“匪绍匪游，徐方绎骚，震惊徐方，如雷如霆，徐方震惊。王奋厥武，如震如怒。进厥虎臣，阚如虓虎。铺敦淮渍，仍执丑虏。截彼淮浦，王师之所。……徐方既同，天子之功。”

徐淮二夷既平，周民族东南方的威胁便消除了。到了春秋时候，成为周民族之敌人的，在北方有犬戎，在南方便只有荆楚了。

五　穆王西征记

周穆王即位于民国纪元前二千九百十二年。他是一位很有野心的大政治家。在《尚书》里，他写过《君牙》，写过《冏命》，写过《吕刑》。他即位时，年已五十，所以世故很深。他的统治是战战兢兢的，“心之忧危，若蹈虎尾，涉于春冰。”（《君牙》）“怵惕惟厉，中夜以兴，思免厥愆”（《冏命》）其目的乃在“丕显哉文王谟，丕承哉武王烈”！（见《君牙》。《君牙》《冏命》均见古文《尚书》）但在《吕刑》（今文《尚书》）里，他却说道：“尔尚敬逆天命，以奉我一人。虽畏勿畏，虽休勿休。惟敬五刑，以成三德。一人有庆，兆民赖之。其宁惟永。”他的统治者的面目是很狰狞的；他是把持着绝对的“君”的独裁权力的。

他的最大的政治上的成功是南灭徐，北征犬戎，西巡狩至于西王母之邦。他的西征的故事尤为当时的奇迹，旷古所未有的盛举。关于这故事会成为很有趣味的传说；在《穆天子传》里有了很详细的记载。在《列子》里，周穆王的故事也成为很动人的好几个篇页。

但最早的记载则见于《春秋左氏传》（昭十二年）："昔穆王欲肆其心，周行天下，将必皆有车辙马迹焉。祭公谋父作《祁招》之诗，以止王心。王是以获没于只宫。"祈招之诗曰："祈招之愔愔，式昭德音。思我王度，式如玉，式如金。形民之力，而无醉饱之。"

《竹书纪年》云："穆王十三年（民国前二九〇〇年）西征于青乌之所憩。十七年（民国前二八九六年）西征昆仑丘，见西王母。其年，西王母来见，宾于昭宫。"

《史记·赵世家》云："穆王使造父御，西巡狩。见西王母，乐之忘归。而徐偃王反。穆王日驰千里马。攻徐偃王，大破之。乃赐造父以赵城。"（这和《说苑》及《后汉书》之以徐为楚王所灭者不同。惟《后汉书》谓：穆王"使造父御以告楚，令伐徐，一日而至"与此说有些关系）

根据《竹书纪年》之所记，是穆王西征了两次；一次是十三年，到了"青乌之所憩"，一次是十七年，到了昆仑丘，见西王母。但在同一年，西王母也便来中国答拜他。可见西王母之国，离中国并不远。但根据《穆天子传》，则穆王西征的路程相当的辽远。他所走的路，凡“三万有五千里”计“自宗周瀍水（在洛阳西北）以西，北至于河宗之邦，阳纡之山，三千有四百里。自阳纡西至于西夏氏，二千又五百里。自西夏至于珠余氏及河首，千又五百里。自河首襄山以西南，至于春山、球泽、昆仑之丘，七百里。自春山以西，至于赤乌氏春山，三百里。东北还至于群玉之山，截春山以北，自群玉之山以西，至于西王母之邦三千里。口自西王母之邦，北至于旷原之野。飞鸟之所解其羽，千有九百里。口宗周至于西北大旷原，万四千里。乃还东南，复至于阳纡，七千里，还归于周，三千里”。假如穆王西征果然是驰着千里马的话（穆王有八骏，“按辔徐行，以匝天地之域。”见《拾遗记》）那末这三万五千里路的往返，在一年半载里完成之，是不成问题的。但他却是带着许多军队或从人走的（“天子命王属休”“属六师之人”，均见《穆天子传》）。他们决不会日驰千里或四五百里的。而且，西征的道途并不怎么好走；过河道，越山岭，甚至须横度沙漠。大约古代传说，只是说：“穆王欲肆其心，周行天下。”而后人却把这“周行”的故事附会得更有趣，夸饰得更离奇了。《穆天子传》还只说他西征了三万五千里，而《竹书纪年》则曰：“穆王东征天下，二亿二千五百里，西征亿有九万里，南征亿有七百三里，北征二亿七里。”《穆天子传》所记的还都是人事，而《太平御览》引《竹书纪年》则有“穆王大起九师，至于九江，架鼋鼍以为梁”之语。其他《列子》《述异记》《拾遗记》等书所述，怪异更多。所以，在穆王西征的许多传说里，《穆天子传》还是最可靠的最近于“人”而远于“神”的一部书。它和《禹贡》同为最古的地理书，比之《十洲记》一类的“方士”的梦话可注意得多。

根据《穆天子传》，我们可以知道，穆王的西征，只是亲邻的政策的表现。故到处都受欢迎。在北循沱滹河阳而到了犬戎地方时，犬戎胡觞之。他到了鄘人的地方，河宗之子孙鄘柏絜迎接着他。河宗柏天也逆他于燕然之山，他到了赤乌。赤乌之人其献酒千斛。他到了西王母之邦，则觞于瑶池之上。几乎到处的被欢迎。他的西征和张骞的通西域恐怕有同样的作用。而情形则全殊了。如果我们执《穆天子传》和明人的《三宝太监下西洋记》一对读，则更觉得古今人之如何不相及了。

对于西方的诸民族，周室大约一向是维持着很友好的关系的。所谓河宗或河伯便是黄河西段（在河套一带）的一个很有势力的河神的祭帅吧。故他可以直呼“穆满”（穆王不一定是死后的谥号；汤及姬发都曾自称为“武”）。他受天子之璧而西向沈璧于河，“视陈牛马豕羊”。通过了这河宗氏的关系，河宗伯天乃作了向导，“乘渠黄之来，为天子先以极西土。”而春山以西之赤乌乘则夙与周室有和亲关系。赤乌之人丌，还献二好女于穆王，列为嬖人。穆王且很得意的说过：“赤乌氏美人之地也，瑶玉之所在也。”他经过西王母之邦，与西王母以诗相赠答。西王母道：“将子无死，尚能再来。”穆王则答之曰：“比及三年，将复而野。”

关于西王母的传说纷纭不一。《山海经·西山经》说：“西王母，其状如人，豹尾，虎齿，而善啸，蓬发戴胜，是司天之厉及五残。”大似一个女神或女巫，和河宗伯天的性质有些相同。在《穆天子传》里，西王母自己说：“我惟帝女。”好像是自以“上帝”之女自命。（顾实的《穆天子传西征讲疏》以西王母为穆王之女，实过于武断。）正和一个女祭师之口吻相合。明胡应麟却以为“西王母不过女真，彡姐[1]，八百媳妇[2]之类”，是以西王母为一民族。但据《穆传》，“她”实在是“个人”之名，和河宗伯天，及赤乌之人“丌”相同。她在西方大约是相当的有势力，和河宗伯天之在河套一带相同。后来的许多传说和神话，把西王母更神化了；她成为一

① 彡姐：古代羌族复姓。

② 八百媳妇：在今西双版纳以南，传说部落首领世世有妻八百人。

个仪态万方的庄严的女仙之主；在《拾遗记》里已把西王母说成“升云而去”的一个神；其后的《列仙传》《集异录》《汉武内传》《三教搜神大全》《仙佛奇踪》等类的宗教书里，都把她抬得更高；甚至平空造出了一个东王公和她相对配；这是很可笑的。

穆王所休憩、所经过的地方，像悬圃，像玄池，像瑶池，都已成为神话中的名胜之区了。

穆王最后到了“旷原”，率六师之人大猎于旷野，“得获无疆，鸟兽绝群”。后驻于羽陵，“赁车受载”，开始东归。惟不循原来的路线。他向东向南走。他曾经过了沙漠。这是西征时所未经过的。他在沙漠中缺水喝。有“七萃之士”名高奔戎的，“刺其左骖之颈，取其清血以饮天子。”穆王觉得很美，乃赐奔戎佩玉一只。后来，他别了河宗伯天。仍与犬戎胡相酬觞。这时，他所走的道路和原来西征的已很相近。他“命驾八骏之乘，赤骥之驷，造父为御，南征翔行。径绝翟道，升于太行，南济于河，驰驱千里，遂入于宗周”。

很多人都把《穆天子传》里所有的地名来引证今之地名。丁谦著《穆天子传地理考证》，顾实著《穆天子传西征讲疏》以及 H. Yule 的 *Cathay and the Way Thither*，E. J. Eitol 译的《穆天子传》等书，均以为穆王曾到过波斯。他们或以西王母即为波斯之襄西陀（Jumchid）王，或以为西王母即阿刺伯之示波女王（Saba）顾实且以为西王母系穆王之女而嫁于波斯国者，其西征之终点羽陵，则即为今日波兰之华沙（Warszawa）。这些话都是不可靠的。我们观于汉代通西域之困难，以及西域的人种，国家的复杂，可证《穆天子传》里的经游各地，不会是今日之西域，或今日之土耳其斯坦；更不会是波斯及波兰。其中，所经历的各地，似都与中国有久远的亲交关系。这在地理上与时代的关系上均不会是土耳其斯坦其乃至波斯、波兰诸地的。这是不可不能的！《穆天子传》的经游道里的数字的记载当有夸大失实之处。大约穆王所到的，最远不会超过今日的阴山山派以北，昆仑山脉以西的。他归途所经的“沙衍”，大约便是今日戈壁沙漠的东南边境；他所大猎的“旷原”，大约便是今日内蒙古或青海的大草原。他恐怕根本上没有度过昆仑山脉，度过大戈壁的可能。他所经游的只是在今日河套的前后，即今日陕西以外的甘肃、宁夏、绥远的一带。这恐怕是周民族势力或文化所及的最远的西陲了。一切过于夸大史实的附会，恐怕全都是好奇之过，其失实正和后人之以西王。母为群仙之“母”正同。

六　犬戎的兴起

周室最大的边患的敌人是犬戎。周平王在民国前二六八一年的东迁，便是为了避免犬戎的压迫。犬戎之名，初见于《国语》及《穆天子传》。韦氏《国语解》道："犬戎，西戎之别名也，在荒服之中。"但据《穆天子传》的所述，犬戎所居的地方，是在今山西太原（晋阳）一带。也许他们的势力是更向西伸张开去。把犬戎的地位放在中国的西北部，即今山西、绥远、甘肃一带大约是不会错的。

但犬戎之出现，却还在穆王之前。"犬"与畎，混及倱均是一音之变。《尚书大传》提及文王"四年伐畎夷"，《史记·匈奴传》亦有"西伯伐畎夷""陇以西有畎戎"语，《毛诗·大雅绵》里有"混夷駾矣"语，是犬戎、混夷、畎夷、畎戎，均为同一之种族。《史记匈奴传》把犬戎也混合的叙及。"唐虞以上有山戎；猃狁（獯狁），荤粥（獯粥）”，均为匈奴之古名。犬戎当亦为逐水草而居的游牧民族之一，和猃狁恐怕是同一族的。因为逐水草而居，故居无定处；凡燕北至甘肃西的草原上都是他们的驰骋之地。《史记》均把他们并入《匈奴传》中，并不是没有意义的。

这一个游牧民族很早的便为周室之大患。公刘邑于豳，至亶父而为戎狄所迫，亡走岐下。所谓戎狄，便是混夷，也便是犬戎。后百余年，西伯昌方才有力量去伐他。自武王至穆王二百余年，周民族与犬戎均维持友好关系，各不相犯。《穆天子传》里所举的犬戎胡与穆王相酬酢的事是很可能的。但《国语》则谓：穆王征犬戎，“得四白狼、四白鹿以归。自是荒服者不至。”《竹书纪年》也记着：

> 穆王十二年毛公班，井公利，逢公固从王伐犬戎。
>
> 冬十月，王北巡狩，遂征犬戎。

似穆王十二年确有征伐犬戎之举。惟这一年的冬天，恐怕就是穆王西征的开始，正和《穆天子传》子戎胡觞穆王的事相合。“征”固可作巡狩解；“伐”即“征”，恐怕也不会真是讨伐的。《国语》有“且观之兵”一语，疑是率“六师之人”到那边去耀武阅兵之意。否则，兴师征伐的结果，而仅得四白狼四白鹿以归，恐不会有那样的傻人傻事。

穆王以后，在懿王时，西戎曾侵镐，虢公曾北伐犬戎。在孝王时，曾命申侯伐西戎。在夷王时，虢公曾伐太原之戎。所谓西戎，所谓太原之戎，当皆是犬戎。中国和犬戎有了交涉，恐也始于此时。

宣王的时候（公元前[①]八二七—公元前七八二年），周民族的兵威复振。他曾命秦仲伐西戎；命尹吉甫伐猃狁。

猃狁为患中国之烈，可于《诗·小雅·采薇》一篇见之。“靡室靡家，猃狁之故；不遑启居，猃狁之故。”猃狁正在寇边，怎么能够安居呢？“四牡翼翼，象弭鱼服。岂不日戒，猃狁孔棘。”王事辛劳，不敢安居，而只好仆仆道路之间；一切都是为了猃狁为患之故。“昔我往矣，杨柳依依。今我来思，雨雪霏霏。行道迟迟，载渴载饥。我心伤悲，莫知我哀！”由春至冬，未得休息，谁还明白服兵役者之苦呢？

在《诗·小雅·六月》一篇里，那气象便大不同了。这诗人不是悲感的而是激扬的；这是得胜者的歌声而不是失败者的哀吟。“六月棲棲，戎事既饬，四牡骙骙，载是常服。猃狁孔炽，我是用急。王于出征，以匡王国。”这气

---

① 原文无“前”，当时遗漏，此处补上（审者注）。

魄和《秦风》之“修我戈矛，与子同仇”很相同。这时，玁狁已经侵略到“镐及方”，而“至于泾阳”（今甘肃平凉县西），于是周师迎击之，“至于太原”（这可证明玁狁也便是所谓太原戎）。

在《诗·小雅·采芑》里，也有“戎车啴啴，啴啴焞焞，如霆如雷，显允方叔，征伐玁狁，蛮荆来威”语。这时，周室的兵力仅足以御玁狁，而不令其入境而已，故《诗·小雅·采芑》里的话还没有征徐淮二夷的诗篇之赫赫夸大。至宣王末年，又曾伐过太原之戎，却不克而退。

到了宣王子幽王时，申侯因王废其女申后之故而勾结犬戎入寇。中国后来历史上的石敬瑭和吴三桂颇与申侯此举相同。犬戎杀幽王骊山下，虏其后褒姒，尽取周赂而去（民国前二六八二年）。卫武公及诸侯乃立太子宜臼为王，是为平王。平王慑犬戎的压迫而东迁于洛邑。这便是东周的开始。

许多《诗经》里的悲愤诗讽刺诗，大约都是作于这个东迁时代的。

终春秋之世，犬戎或西戎为患于中国不止。所谓齐桓，晋文，秦穆的霸业，也全都是以尊王攘夷为目标。

七　“齐桓晋文之事”

周室东迁以后，中央政府的力量几乎完全失坠，而各地方的诸侯又各自维持着几乎完全独立的政权，对于外来敌人们的侵略是很难阻挡得住的。故“南蛮”的楚子竟敢于兴问周鼎轻重之心，而后来孔子一想到了当时险恶可危的中国的情况，便不禁的要赞叹道：“管仲相桓公，霸诸侯，一匡天下，民到于今受其赐！微管仲，吾其被发左衽矣！”“被发左衽”是戎狄之服式，也便是玁狁或犬戎的服式。假如不是管仲出来的话，恐怕中国真要成为匈奴的附庸，中原或将早于晋室南迁一千多年前而沦陷于异族之手。

管仲相桓公，所以要“九合诸侯”者，其目的全在“尊王攘夷”；想要联合或统一中国的力量以抵抗蛮族的侵略。所谓会盟，便是缔结同盟的会集。恐怕在这时代，只有“敌忾同仇”和“夏夷之防”的号召，才能联合或统一了当时的地方的武力。原来，这些盟会不仅用来对付西北方的戎狄，也要用来对付南方的强敌“荆楚”的。故《诗·鲁颂·闷宫》有“戎狄是膺，荆舒是惩”语。以戎狄和荆舒并举，可见“荆舒”在南方强大起来，而复欲侵入中原，也是春秋时代的大患之一。晋文的霸业便在于打败了楚师的一举。可是楚人很快的便汉化了。便挤入了中国诸侯之列，很快的便也成为五霸之一，且也以盟会为号召了。中国的诸侯便渐渐的忘记了楚是异族之一。她是完全同化于中国了。不见于《诗经》十五国风的“楚辞”与“楚歌”很快的便成为中国文坛上的骄子。

齐居山东，擅鱼盐之利。管仲相桓公，以富国强兵为务。他对桓公说，改革了内政之后，有了肯同死的战士三万人，便可以“以诛无道，以屏周室”了（《国语》）。他“有革车八百乘，择天下之甚淫乱者而先征之”，“莱、莒、徐夷、吴、越，一战帅服三十一国，遂南征伐楚。”（见《国语》。《管子·小匡》谓：“南至吴越巴牂河瓟不庾、雕题、黑齿、荆夷之国。”所记与此略同而颇加夸饰。）但未战，便与楚子和。鲁庄公三十年（民国前一五七五年）山戎伐燕。燕告急于齐。齐桓公救燕。遂伐山戎，至于孤竹（《管子·小匡》云：“北至于孤竹山戎秽貉拘秦夏。”）。“斩孤竹而南归海滨。”（《国语》）这一次远征，他是很冒险的。齐军营“迷惑失道。管仲曰：老马之智可用也。乃放老马而随之，遂得道。行山中无水”。隰朋曰：“蚁冬居山之阳，夏居山之阴，蚁壤一寸而仞有水。乃掘地，遂得水。”（《韩非子》）他归后，还献山戎的俘虏于鲁（孤竹曾使人请助于鲁）不久，（闵公元年）狄人伐邢。管仲言于桓公道：“戎狄豺狼，不可厌也。诸夏亲昵，不可弃也，宴安鸩毒，不可怀也。请救邢。”齐遂合诸侯救邢，逐狄人。“具邢器用而迁之。师无私焉。”（《左传》）

他又当“西伐大夏，涉流沙，束马悬车，登太行，至卑耳山而远”。（《管子》，《国语》亦有“西征攘白翟之地”语）

他的霸业，实不在于安内而在于攘外。

《管子》一书相传为管仲所作，实则，为战国时人所假托。然与《周官》实同为中国古代最伟大的政治理想家的杰作。我们如以《管子》与《国语》里所记的管仲事相对读，可知作者所记也并不是全无依据的。

齐桓公死（民国前二五五四年）不久，而有宋襄公者，想继桓公之霸业而“合诸侯”。但他一出马便为楚人所执。不久，释之。郑伯与楚和亲，到了楚国去。宋襄公因此伐郑。楚人出兵救郑，与宋人战于泓。襄公不乘楚人未济及未成列击之，失掉了战胜的机会，遂败退。楚以是益强盛，其兵力足迫胁中原。

晋文公继之，（民国前二五四七年立）而遂以攘楚为事。这时，宋、郑皆势弱。宋附于晋；郑则依违于晋楚之间。民国前二五四三年，楚伐宋，晋救之。晋楚二军遂战于城濮（今河南陈留县）。文公这一边并不是孤单的；他连合了齐师，宋师及秦师，声势很盛。《左传·僖公二十八年》写这次战役很有声色，为古代有名的大战役的描写之一。城濮战后，郑伯便也与晋盟而绝楚。

八　王子带之乱

在城濮之战前的四年（民国前二五四六年），晋文公尝平王子带之乱，迎襄王于郑。“王入于成周，遂定于郏。”这是晋文公的霸业之始，而这一役也便是“尊王攘夷”的一役。

子带之乱是周民族最可痛心的一次内乱。子带为周襄王之异母弟，其母惠后，以宠于惠王，故襄王畏之。民国前二五六〇年的夏天，王子带勾引了扬拒，泉众，伊雒之戎，同伐京师，入王城，焚东门。秦晋连师伐戎以救周。到了秋天，晋侯乃逐退了戎人。这是申侯以后第二次的勾结外寇以冀达到把握政权的大欲。可是，也同样的失败了。第二年，襄王乃讨王子带。王子带奔齐。齐侯想替王子带求和于王，以王怒未息，齐使仲孙湫未言而归。但戎难始终未已。诸侯合兵戍周，以御戎师。过了近十年，襄王方才复召王子带回京师，但到了第三年（民国前二五四八年），却又来了一个大变动。

这一年，襄王怒郑人，却勾结了狄人去伐郑。这是周民族之王第一次和狄人正式的合作。这狄人恐怕便是戎，恐怕是通过了王子带的关系而勾结成功的。有远见的政治家富辰力争以为不可。他说：“兄弟阋于墙，外御其侮。如是，则兄弟虽有小忿，不废懿亲……且夫兄弟之怨，不徵于它。徵于它，利乃外矣。章怨外利，不义；弃亲即翟，不祥；以怨报德，不仁。”王不听，使颓叔桃子出狄师。那一年的夏天，狄师代郑，取栎。王德狄人而以其女为后。富辰又谏之而不听。后王废翟后。翟人勾结了颓叔桃子及王子带，以狄师攻王。王出奔郑。子带乃自立为王，娶襄王所废翟后，同居于温。襄王对于狄师的来侵，并不抵抗，惟富辰和其属御之而死。

这一段富于戏剧性的史实，《左传》和《国语》都记载得详细。

这是民国前二五四七——民国前二五四六年间的事。这时，秦师集于河上，将纳王入周。狐偃言于晋文公道：“求诸侯莫如勤王。”文公乃行赂于草中之戎与丽上之翟以求东道。他辞秦师而下。三月甲辰，次于阳樊。右师围温，左师逆王。夏四月丁巳，王入于王城，取大叔（即王子带）于温，杀之于隰城。王子带之乱遂平。王与文公以阳樊、温原、欑茅之田。文公以兵力围阳樊，伐原，取温，皆获之。以赵衰为原大夫，狐溱为温大夫。

对于狄人的处置如何，史书里却没有记载。大约狄人是全师而退；文公却也不敢去追击他们。观于他的“行赂于草中之戎与丽土之翟”之举，可知中国的兵力已不足以控制戎狄。较之齐桓公之“北伐山戎，过孤竹；西伐大夏，涉流沙”时的情形又不同了。这时，大约只有御之之方而无讨之之力。战国时代赵武灵王乃不得不胡服骑射，以夏变夷，以图生存了。只有秦人的战斗力还足以雄足视西北陲。

九　秦穆公的霸业

秦居西北，迫近戎狄。民风以强悍见称。周宣王时，秦仲伐西戎，不克，为所杀。平王东迁时，秦襄公逐去犬戎，占有了周西都畿内八百里之地。秦遂大强起来。到了德公，徙于雍。他们始终在西陲，为中国之屏藩，其新兴的锐气大有像周民族初起时的情形。在《诗经·秦风》里，豪强之风跃然如见。而《无衣》一诗，尤为执戈矛以御邦国的最好的战歌：

岂曰无衣，与子同袍。王于兴师，备我戈矛，与子同仇。

岂曰无衣，与子同泽。王于兴师，修我矛戟，与子偕作。

岂曰无衣，与子同裳。王于兴师，备我甲兵，与子偕行。

那样的同胞感，洋溢于纸上，实是秦民个个所同具的。

到了秦穆公的时候，遂开始有侵略中原，拓土西畴之雄心，奠定了统一中国的基础。正像周民族在王季和文王的时代一样。

穆公以五羖羊皮从楚人那里赎了百里奚来，用他为谋主。秦师灭了芮又要潜师取郑（这是公元前六二七年的事）。到了滑，郑商人弦高矫君命犒师。穆公知其有备，灭滑而还。晋文公那时刚死不久，晋人欲袭秦师。先轸说道："一日纵敌，数世之患。"遂败秦师于殽，获百里孟、明视等三帅。但晋侯却释了孟明等回秦。穆公素服郊次，向师而哭，深自引咎。复使孟明为政。第二年，秦师又与晋师战于彭衙，败绩。但到了第三年，穆公又率师伐晋，济河焚舟，取王官。及郊，晋人不出；遂自茅津济，封殽尸而还（《秦誓》作于此时。但书序则以为作于由殽败归之时）。

此后，他便专力于经营西戎。戎王使由余于秦。由余的祖先是晋人，逃入了戎地。由余还能说晋语。穆公使人设法要降了由余。他以由余为谋主，用其谋，伐戎王。益国十二，开地千里，遂霸西戎。"天子使召公过贺缪公以金鼓"。

号为"五霸"之一的秦穆公使也是因"攘"外而得到了成

功的。

当时环同于秦地的西北境者，据《史记》说，陇以西，有绵诸、绲戎，翟豲之戎；岐梁山泾漆之北，有义渠、大荔、乌氏、朐衍之戎。“而晋北有林胡、楼烦之戎，燕北有东胡，山戎。各分散居溪谷，自有君长。往往而聚者，百有余戎。然莫能相一。”穆公所服的便是“西戎八国”。

韩非子写戎王（大约是八国中之一）的失败原因很合理。穆王使史廖以女乐二八遗戎王。“戎王见其女乐而说之。设酒张饮，日以听乐。终岁不迁，牛马半死”（《史记》作“终年不还”，无“牛马半死”句，大误）。这便是以中国的高等文化来诱惑这些游牧民族的。戎人沉醉于女乐，终年不迁移，牛马自然要死亡半数，而其力量也因以大弱。遂为秦所灭。因了由余熟悉西戎诸国的兵势与其地形，别的戎族或小国便也都很容易的为秦国所“服”了。汉民族的拓土西陲，当始于此时。汉代张骞们的功迹，只是竟秦人未竟之功而已。

十　弦高救郑

当秦穆公出师东向，欲袭郑国的时候，有一个很动人的故事发生。像弱小的郑国，所以能够经春秋之世而不即亡者，必有其所以立国之道。郑居天下之中，四达之区，故多经营商业者。其民多爱国，虽处于“两大之间”，经历了许多次的风波，而终于每次都得恢复国家。而商人弦高的救国，尤为不朽的爱国英雄的行为（《高士传》云：“高见郑为秦晋所逼，乃隐不仕，为商人。”这话是不可靠。高本来是一个大商人，春秋的新兴阶级之一，并非隐居不仕的）。

秦师的伐郑，由于杞子的作内应。杞子告秦说：郑的北门之管是他所掌。“若潜师以来，国可得也。”秦遂出师。

秦师到了滑，郑商人弦高带了货物到周去做买卖，恰好遇见了他们。弦高知道他们过周而东，其目的一定是在袭郑，立刻便遣他的同伴奚施归告，一面却矫了郑伯之命，以璧犒劳，膳以十二牛。他对秦师说道：“‘寡君固闻大国之将至以矣。大国不至，寡君与士卒窃为大国忧。唯恐士卒罢弊与糗粮匮乏。敢犒从者’！如果从者不弃敝邑而见过，则‘居具一日之积，行则备一夕之卫’。”秦师知其有备，乃率师而还。而郑伯得到了这消息，也便逐杞子而去之（参《左传》与《吕氏春秋》）。

大商人弦高便这样以他的资力与智力救全了他的祖国。

《淮南子》说：“郑伯以存国之功赏弦高。弦高辞之，遂以其属徒东夷，终身不反。”不知有何依据。恐怕是附会之辞。

十一　楚民族的霸业

楚为熊姓，所占据的地方在今长江中流，即两湖的一带。他们并不是周的同族。在春秋以前，不曾与中原诸国有什么交涉。中原的人以蛮夷目之；他们自己也以蛮夷自居（《史记》卷四十：“熊渠曰：我蛮夷也。”）。《诗经》的十五国风里没有“楚风”。

《诗·采芑》云：“征伐猃狁，蛮荆来威。”又《閟宫》云：“戎狄是膺，荆舒是惩。”是均以楚和猃狁等类齐观。

但到了春秋时代，楚民族很快的便吸收了周民族的文化；很快的便进入了中原诸国的争霸的局面上来，很快的便表现出他们的蕴蓄着的灿烂的精光来。到了战国，楚文化达到了最高峰。楚国的人才号为极盛。而中原诸国也早已引为同“道”。忘其为“非我族类”了。

楚民族先后灭国五十八；他们向北向东而发展。“汉阳诸姬，楚实尽之。”（《左传》僖二十八年），后乃侵略到江淮间诸国。

晋文公的霸业奠定于城濮之战。而这一战便是阻遏楚民族的北进的。

楚、晋成了世仇。楚庄王与晋战于邲，胜之。楚遂代晋而成为盟主。

在这时候，楚民族是竭力在吸收中原文化。竭力在模仿中原的礼仪与习俗，竭力要想脱离了蛮夷之风而与中原人同化。

在《左传》及后来的《吕氏春秋》《新序》《说苑》等书里，作者们对于楚民族的“华”化，都是记载得很详细，而且很同情的。

楚穆王时，楚的威力及于北方的陈、蔡、郑、宋诸国。已有代晋而为盟主之概。及庄王立，霸业遂成；俨然成为“天下”之主盟者了。

庄王极力的要效法桓文，为仁义之言，树立盟主的威信，完全脱去了蛮夷之风而近于中国。这是他的进攻的策略之一，使中原诸国渐渐忘记了他们的“非我族类”。故他可以争霸于中原而不至于致诸国共同的对抗。他既灭了陈，而复封之，说是“不贪其富”；而陈自此附庸于楚。他已经入了郑，却立刻便与郑和，说是“其君下人”，郑也遂不大敌视楚了。他围困了宋，却又与之盟而退师，盟道：“我无尔诈，尔无我虞。”而宋人也便不大防御他了。先兵而后礼，这是他的惯技。明知不能占领而知机即退，这是最可怕的侵略的技术。

关于楚庄王的故事差不多成了一个“传说丛”。从他即位后的“三年不语”的故事起，每一个故事都是很可爱的。他成了古代最隽妙的一个“传说丛”中的中心人物了。

庄王立三年，不出号令，日夜为乐。伍举入谏。以隐语说之，曰：“有鸟在于於阜，三年不飞不鸣，是何鸟也？”庄王曰：“三年不飞，飞将冲天；三年不鸣，鸣将惊人。”明日朝，所进者五人，所退者十人（《史记》作所诛者数百人，所进者数百人）。群臣大悦。

庄子好狩猎。樊姬谏，不止。乃不食禽兽之肉。王改过，勤于政事。有一次，王听朝，回宫得很晏。樊姬问饥倦否。王曰：与贤者语，不知饥倦也。姬问贤者是谁。曰：“虞丘子也。”姬掩口而笑。王问故。姬曰：“妾闻虞丘子相楚十余年，所荐非子弟则族昆弟。未闻进贤退不肖。妾之所笑，不亦可乎？”王明日以姬语告虞丘子。丘子避席，使人迎孙叔敖而进之。王以为令尹，治楚三年，而庄王以霸楚（见《列女传》）。

关于孙叔敖的出仕，其传说也不止一篇。孙叔敖便是：儿时杀两头蛇的。

庄王赏赐群臣酒。日暮酒酣，灯烛灭。乃有人引美人之衣者，美人援绝其冠缨，告王。王乃命左右曰：今日与寡人饮，不绝冠缨者不欢。群臣百有余人皆绝去其冠缨。后晋与楚战，果得绝缨者之死力而胜晋（见《说苑》）。

庄王攻宋，厨有臭肉，樽有败酒，而三军之士皆有饥色。将军子重谏。王曰：请有酒投之士，有食馈之贤（见《王孙子》）。

雨雪，楚庄王被裘当户，曰：我犹寒，彼百姓宾客甚矣！乃使巡国中，求百姓宾客之无居宿绝粮者赈之。国人大悦（见《尸子》）。

像这样的故事还有不少。恐怕是把楚民族的可述的故事都集中到楚庄王一人的身上了；正像善必归尧舜，恶必归桀纣一样。这可见楚民族原来和中原诸国相隔绝，虽一旦交涉频繁起来，而对于楚事究竟不大明了。只好找一个最著名的人物来寄托或附会这些传说了。

十二　子产的内政与外交

郑为周的同姓诸侯。从姬友（郑桓公）初封于郑，便成为周室的屏卫。到了庄公，开始与周不睦。文公以后，郑的国力渐渐的衰弱了，甚至依违于晋、楚二国之间，成了一个附庸之国；——楚强则依楚，晋强则盟晋。事大国是很困难的。时时引起了无谓的纠纷，而受到压迫。内政又是很不安定。当子产立为卿的时候，正是简公怒其相子孔的专权而诛之，情形相当的混乱的时期。子产为郑成公少子。名公孙侨。他初欲辞政，以为“国小而伛，族大宠多，不可为也”。但当他一执政，便好像农夫的耕田，日夜思之。“思其始而成其终，朝夕而行之，行无越思，如农之有畔。”他问政于然明。然明道：“视民如子。见不仁者诛之，如鹰鹯之逐鸟雀也。”他的为政差不多是根据了这句话的。他道：“唯为德者能以宽服民，其次莫如猛。夫火烈，人望而畏之，故鲜死焉。水懦弱，民狎而玩之，则多死焉，故宽难。”

当封建的时候，贵族宗子专擅着政权，老百姓除了出财出力（赋役）之外，是什么权利都不能享受的。只要统治者略略的清明，赏罚相当的公正，他们便已感满足了。子产的政治见解正针对这个贵族专权时代而发挥的。

他要大家都守“法”（一个国家必须有上下共同遵守的法律），便首先铸刑书。他一味以“法”治，郑人不习惯于这种“法”治的严正的条例。他从政一年，“与人诵之曰：‘取我衣冠而褚之，取我田畴而伍之。孰杀子产，吾其与之。’”但到了三年，他们却又诵之道：“我有子弟，子产诲之；我有田畴，子产殖之。子产而死，谁其嗣之？”这是他的治迹的成效。

郑人游于乡校以论执政。然明主张毁了它。子产道：“其所善者，我则行之；其所恶者，吾则改之。是吾师也。我闻忠善以损怨。不闻作威以防怨。”他毕竟是相当开明的。在这样的相当开明的法治之下，郑国便开始安定了。

国内一安定，他便专意的对外。

郑国的外交最难。附楚则晋怨，附晋则楚怒。依违于两大国之间，而且他们往往诛求无厌，责备无端。但在子产当政这一个时代却对付晋、楚得很好。他因为国内的安定，所以对外比较的强硬，有立场，并不是一味的屈伏与依附。《吕氏春秋》说过一件故事。晋人欲攻郑叫叔向去聘问。子产为之诗道：“子惠思我，褰裳涉洧。子不思我，岂无他士！”叔向归，道：“郑有人，子产在焉，不可攻也。秦荆近，其诗有异心，不可攻也！”

其实，子产是有相当的力量的，其力还是足以左右晋、楚的霸业。他守中立，不偏袒于一国，他们便也不敢去逼他。终他的一生，郑国不曾有过严重的外患。

子产是一个意志很坚强的人物，他觉得对的事，任怎样也不肯变更。“苟利社稷，生死以之！”这是如何的一位爱国的大政治家的气度！

这位大政治家成为春秋时代的许多“为政”的故事的中心人物。恐怕有一部分是附会上去的。

郑公要叫伊何做一邑之长官。他道：叫他去学学，便更能“知治”了。但子产根本反对从政而后学的。他道：“侨闻学而后入政，未闻以政学者也。若果行此，必有所害。譬如田猎射御，贯则能获禽。若未尝登车射御，则败绩厌覆是惧，何暇思获！”也正像“未能操刀而使割也，其伤实多！”

后来，以诗赋求士，以科举求士，都是强以未学为政的人而使之从政的。千年来整个政治的黑暗，不上规道，这也是原因之一。

子产之惠在爱民。孔子道："子产以所乘之与济冬涉者，是爱无教也。"子产死，孔子为之出涕道："古之遗爱也。"郑人也皆哭泣悲之，如亡亲戚。

他成为一个模范的大政治家。"苟利社稷，生死以之"的一句话成为从政者的一句不朽的格言。

十三　柳下惠之介

孟子说："柳下惠不以三公易其介。"（《尽心上》）又说："柳下惠圣之和者也。"（《万章下》）他律己甚严，这便是"介"，处世圆融，这便是"和"。"介"与"和"并不是互相冲突，互相矛盾的。

柳下惠（展禽）之"介"可于"岑鼎"一事见之。齐攻鲁求岑鼎。鲁君载他鼎以往。齐侯勿信，以为柳下惠以为"是"，则受之。鲁君请于柳下惠。他答道：君之赂以欲岑鼎也，以免国也。臣亦有国于此。破臣之国以免君之国，此臣之所难也。于是鲁君乃以真岑鼎往（《吕氏春秋》）。这便是他的"介"。他虽"和"，但有他自己不可侵犯的"国"境。他是有所不为的！

"柳下惠为上师，三黜。人曰：子未可以去乎？曰：直道而事人，焉往而不三黜；枉道而事人，何必去父母之

邦。”（《论语·微子》）

这便是柳下惠，一个爱国的政治家的最低限度的信仰。他不怕“三黜”，他不耻下位，只是诚诚恳恳的做他自己应做的事，为他自己的国家而做事。

他处于群众之中，和而不同。孟子道：“柳下惠不羞污君，不卑小官。进不隐贤，必以其道。遗佚而不怨，厄穷而不悯。故曰：尔为尔，我为我。虽袒裼裸裎于我侧，尔焉能浼我哉！故由由然与之偕，而不自失焉。”（《公孙丑上》）《列女传》所叙的，也和《孟子》相同。

由于这个描状，便发展出了柳下惠坐怀不乱的一个传说。《孔子家语》说道，鲁人有独处一室的。“邻之嫠妇亦独处一室。夜暴风雨至，嫠妇室坏，趋而托焉。鲁人闭户而不纳。”嫠妇道：“子何不如柳下惠然。妪不建门之女，国人不称其乱。”这大约便是关于坐怀不乱的传说的一个开始。

公元前六三四年（鲁僖公二十六年）齐伐鲁。鲁人命展喜犒帅。喜对齐侯说的一套外交辞令是受命于柳下惠的。这个重要的外交，终于因对付的得法而免避了实际的兵祸。齐侯许为平而还。关于这件事，《左传》《国语》《说苑》均记载之。《左传》只说受命于柳下惠。《国语》则把柳下惠的地位抬得高些。到了《说苑》则东见齐侯的变成是柳下惠他自己了。这可见“传说”之如何变异与演化。

柳下惠死，他的妻诔曰：“夫子之不伐兮，夫子之不竭兮！夫子之信诚而与人无害兮！屈柔从容，不疆察兮，蒙耻救民，德弥大兮。虽遇三黜，终不蔽兮。恺悌君子，永能厉兮。嗟乎惜哉，乃下世兮！”（《列女传》）这足够说明这个政治家的面目了。

符子（《绎史》引）说：“邻人谓展禽曰：鲁聘夫子，夫子三黜无忧，何也？禽曰：春风鼓，百草敷蔚，我不知其茂。秋霜降，百草零落，吾不知其枯。枯茂非四时之悲欣，荣辱岂吾心之忧喜。”这不似柳下惠的话。这是后人的附会。

十四 晏子相齐

晏平仲的传说，在很早的时候便成了一个中心。他差不多成了一个模范的“贤”臣。《晏子》一书是集合这些传说的大成的。《管子》是有系统的政治书，《晏子》却是很漂亮的因势利导的“谏”书，是“末”世或“衰”世的一部书。他恰好是产生在苏秦、张仪之前的一个不同时代的人物。他和孔子同时；他和孔子都是有用世之心的。孔子有他自己的“理想国”，是一个“理想的大政治家”。他却是一个没有深远的理想而有切实的“匡世”之智谋的“贤”臣。他历事齐之三君（灵公、庄公、景公），都是所谓“暗主”。但他却能以讽谏补救之。当时的老百姓们有了这样的一个政治家已感得满足了，故便把这一类“贤”臣的传说集合于他的一身，正如将楚国“名”王的故事集合于楚王的一身一样。

他在“荒淫无耻”的时代，代表了仅存的“清明”之气，汉民族的传统的道德。

晏子治东阿三年，而毁闻于国。景公不悦，欲免之。晏子请复治阿三年。三年后，果誉闻于国。景公贺之。但晏子很不高兴的对道：当他初治东阿时，嘱托不行，货赂不至，民无饥者。但贵人及左右却恶而毁之。这三年来，嘱托行，货赂至，多便利权家，民饥者过半，而誉闻于君。“臣愚不能复治东阿，愿乞骸骨”。景公知其贤，乃任以国政。齐以大治（见《晏子》及《说苑》）。这故事反映出当时贵族政治的黑暗与不平。

齐侯问晏子道：“忠臣之事君也，何若？”他答道：“有难不死，出亡不送！”这话大出齐侯意外。他道：“言而见用，终身无难，是不必死。谏而见从，终身不亡，是不必送。若言不见用，有难而死，是妄死也；谏不见从，出亡而送，是诈为也。”（《新序》）这完全是“社稷为重君为轻”的大政治家的见解。

他立身至洁，自奉至俭。为齐相，中食而肉不足。景公知道了这事，将割地封之。他道：“婴之家不贫。以君之赐，泽覆三族，延及交游，以振百姓，君之赐也厚矣。”厚取之君，是不忠，且不智。十升之布，脱粟之食，足矣。景公道：“昔桓公以书社五百封管仲，不辞而受。子辞之，何

也？”晏子道：“婴闻之，圣人千应，必有一失，愚人千虑，必有一得。意者管仲之失而婴之得者耶？”（《晏子》）

他荐田穰苴，而齐之国势赖以复振（《史记》）。公孙接、田开疆、古冶子事景公以勇力搏虎闻。晏子过而趋，三子者不起。晏子入见公道：“君蓄勇力之士，上无君臣之义，下无长率之伦，内不以禁暴，外不可威敌，此危国之器也。不若去之。”公恐搏之不得，刺之不中。晏子乃以二桃馈三士，使之自斗，皆自刎而死（《晏子》）。这两个故事流传得很广。在《列国志传》及《新列国志》里都会讲到。而元无名氏的杂剧《田穰苴伐晋兴齐》（有脉望馆钞校本），把晏子之荐穰苴写得尤为着力。

荐贤举善是吾心，安邦治国访知音。

全行仁义施忠政，留得清名贯古今。

《古今小说》里有话本《晏平仲二桃杀三士》一篇，却是写他施计除掉公孙接等三勇士的。他被写得很冷酷无情。其实，他是一心为社稷的，对于田穰苴与一勇之夫的公孙接等之间，其分别，他是看得很清楚的。穰苴是将才，公孙接等却是匹夫之勇，“内不以禁暴，外不可威敌”，反是祸国之徒。去之正是为了国家的安宁。但经那篇话本那样一描写，读者们的同情却寄托于“三士”的一方面了。

关于晏子最有名的故事，是“使楚”时的一则漂亮的对话。

晏子使楚。晏子短，楚人为小门于大门之侧而延晏子。晏子不入。道：“使至狗国者从狗门入。今臣使楚，不当从此门。”他从大门入见楚王。王道：“齐无人耶？”晏子道：“齐人临淄三百闾，张袂成帷，挥汗成雨，比肩继踵而在，何为无人？”王道：“然则，何为使子？”晏子对道：“齐命使各有所主。其贤者使贤主，不肖者使不肖主。婴最不肖，故宜使楚耳。”（《说苑》）

敦煌石室发现的一篇《晏子赋》（见《敦煌掇琐》）便是写这个故事的；不过以为他是使梁；对话也多出不少。大约一部分是从托名于宋玉的《大言赋》《小言赋》演变出来的；一部分却从《三国志·蜀志》吴使张温问天，秦宓答辩不穷一则故事演变出来的。

但晏子之成为一个民间的英雄，一个传说的中心却不是偶然的。在那个贵族专政的时代，像这样的一个忠国爱民，勇于讽谏，富于智计，肯替老百姓们说几句话的“贤”臣，自然会成为一代的口碑的集中点了。

十五　大教育家孔子

孔子是一位大教育家，并不是一位宗教主。他是苏格拉底，不是耶稣，也不是乔答摩。他是澈头澈尾的一位人世间的人。在他的一生里，一点的神秘的气分也没有。他最爱人间。他道："鸟兽不可与同群，我非斯人之徒与而谁与！"他虽不是一位澈底的无神论者。但他"不语怪力乱神"。他"敬鬼神而远之"。他是一位"诲人不倦"的老教育家。

在他早年，他是最热忱于救世或"匡"世的。他有整盘的政治的理想，他神往于"文、武、周公"之时代。他敬重管仲。他道："微管仲，我其被发左衽矣！"他同情于同时代的大政治家子产和晏平仲。他有热烈的救世之心，虽其方式不像后来的墨翟的摩顶放踵，可是一生的奔走四方，为的是要行其"道"于天下，这"道"便是文武周公之"道"，便是他的政治理想。但终于无所成而归。归后，便专心于从事教育事业。相传他有弟子三千人，其中最著者有七十二人。在他之前，“学术”是被把握被封锁在贵族们手上的。到了他之后，才把“学问”解放了；三千弟子之中，差不多全部是平民。这是文化史上最大的一个变化。《论语》里有一段话，形容他道“子温而厉，威而不猛，恭而安”。（《述而》）这已是他的全貌了。又有一段话道：“颜渊喟然叹曰：仰之弥高，钻之弥坚；瞻之在前，忽焉在后。夫子循循然善诱人。博我以文，约我以礼，欲能不能。既竭吾才。如有所立，卓尔；虽欲从之，末由也已。”（《子罕》）三千弟子们怎样的信仰他，从这里也可以看出。

孔子的政治理想是以他所神往的或想象中的古代的黄金时代的政治为根据的。这种想象，其实便是他自己的理想构成的。他看不起当时的从政者。子贡问道：“今之从政者何如？”子曰：“噫，斗筲之人，何足算也！”（《论语·子路》）他的政治理想便是针对着当时腐败的贵族政治而发的。

子张问政。子曰：居之无倦，行之以恕。

季康子问政于孔子。孔子对曰：政者正也，子帅以正，孰敢不正？

季康子问政于孔子曰：如杀无道以就有道何如？孔子

对曰：子为政，焉用杀。

子欲善，而民善矣。君子之德风，小人之德草。草上之风必偃。子曰：听讼，吾犹人也。必也使无讼乎。（《颜渊》）

子路问政。子曰：先之，劳之。请益。曰：无倦。

子曰：其身正，不令而行。其身不正，虽令不从。

子适卫，冉有仆。子曰：庶矣哉。冉有曰：既庶矣，又何加焉？曰：富之。曰：既富矣，又何加焉？曰：教之。

子曰：善人为邦百年，亦可以胜残去杀矣。诚哉是言也！

子曰：苟正其身矣，于从政乎何有！不能正其身，如正人何！

叶公问政。子曰：近者说，远者来。

子夏为莒父宰，问政。子曰：无欲速。无见小利。欲速则不达。见小利则大事不成。

子曰：善人教民七年，亦可以即戎矣。

子曰：以不教民战，是谓弃之。（《子路》）

子曰：为政以德。譬如北辰，居其所，而众星共之。

子曰：道之以政，齐之以刑，民免而无耻。道之以德，齐之以礼，有耻且格。

哀公问曰：何为则民服？孔子对曰：举直错诸枉，则民服。举枉错诸直，则民不服。

季康子问：使民敬忠以劝，如之何？子曰：临之以庄则敬；孝慈则忠；举善而教不能，则劝。（《为政》）

子曰：道千乘之国，敬事而信，节用而爱人，使民以时。（《学而》）

他的整个政治学建筑在“贤人”政治之上，而尤以“教育”人民为主。对于执政者的自身的忠、勤、正直，尤不惮三言四言之。在当时，这样的耿直的议论已非当世执政者所能容的了。所以孔子栖栖惶惶的奔走于四方而一无所遇。在早期，他还不十分热心从政。或谓孔子曰：子奚不为政？子曰：“书云：孝乎。惟孝友于兄弟，施于有政，是亦为政。奚其为为政。”（《为政》）但渐渐的便觉得要救世便非从政不可。“子曰：苟有用我者，其月而已可也。三年有成。”（《子路》）这是他的自信。

“子贡曰：有美玉于斯，韫匵而藏诸，求善贾而沽诸。子曰：沽之哉，沽之哉！我待贾者也。”（《子罕》）他总想求在政治上一试，甚至“公山弗扰以费畔，召，子欲往。子路不悦。……子曰：夫召我者而岂徒哉！如有用我者，吾其为东周乎？”佛肸（晋大夫赵氏之中牟宰）以中牟畔，召他，他又欲往。他道：“不曰坚乎，磨而不磷。不曰白乎，涅而不淄。吾岂匏瓜也哉！焉能系而不食？”（《阳货》）

但他并不是一味“热中”于政治。他是有所执着，有所不为的。他以宗周为第一义。他是“圣之时者”，总是针对着当时的局面而发言的。“颜渊问为邦，子曰：行夏之时，乘殷之辂，服周之冕，乐则韶舞，放郑声，远佞人，郑声淫，佞人殆。”他又道：“周监于二代，郁郁乎文哉！吾从周。”（《八佾》）

他明白当时的大病在中央政府太软弱而地方的势力太大。一方面国力消耗于内战。一方面外患之迫来，一天天的紧张，却无以抵御。所以他处处主张宗周，主张维持传统的政治中心，主张维持古代的礼乐。“孔子谓：季氏八佾舞于庭。是可忍也，孰不可忍也！”（《八佾》）当他们三家（孟孙、叔孙、季孙）举行祭礼于撤祭物时，僭歌《周颂》里的《雍》，孔子也不为不高兴，以为这是天子之乐，“奚取于三家之堂！”又当陈成子弑简公（鲁哀公十四年）时，孔子沐浴而朝，告于哀公曰：“陈恒弑其君，请讨之。”（《宪问》）

他所以如此熟切的要求尊重传统的权威，其最主要的原因，便要集中权力以对外。他对于管仲的“九合诸侯，一匡天下”，不以武力而能够传统一中国的力量以对外，最为称道。然而他自己却是周游天下而一无所成的。他以无比的坚忍与热诚周游天下，要行其道。子路宿于石门。晨门曰：奚自？子路曰：自孔氏。曰：是知其不可为而为之者与？而荷蒉遇孔子之门的人，听见他击磬的声音，道：“有心哉，击磬乎！”却又批评曰：“鄙哉，硁硁乎！莫已知也，斯已而已矣！”（均见《宪问》）他们都是“道”不行则隐的主张者。像楚狂接舆简直的在劝孔子可以退休了。“楚狂接舆歌而过孔子曰：凤兮，凤兮，何德之衰！往者不可谏！来者犹可追！已而，已而，今之从政者殆而！”

在长沮桀溺的一段话中，尤可使人注意：

> 长沮桀溺耦而耕。孔子过之，使子路问津焉。长沮曰：夫执舆者为谁？子路曰：为孔丘。曰：是鲁孔丘与？曰：是也。曰：是知津矣！问于桀溺。桀溺曰：子为谁？曰：为仲由。曰：是鲁孔丘之徒与！对曰：然。曰：滔滔者天下皆是也，而谁以易之！且而与其从辟人之士也，岂若从辟世之士哉！耰而不辍。子路行以告。夫子

怃然曰：为兽不可与同群。吾非斯人之徒而谁与！天下有道，丘不与易也。（《微子》）

人既不能和鸟兽同群，则始终乱人世间的人，便非爱这世不可，当乱世，便非救这世不可。孔子的这个意见是雪亮的，可以感动一切时代的人。

孔子曰：天下有道，则礼乐征伐自天子出。天下无道，则礼乐征伐自诸侯出。自诸侯出，盖十世希不失矣！自大夫出，五世希不失矣。陪臣执国命，三世希不失矣！天下有道，则政不在大夫。天下有道，则庶人不议。（《季氏》）

这一段话足够说明孔子之“道”的定义，足够说明他的如何针对着当时“陪臣执国命”的可痛的政况而对症发药。

他曾一度为季氏史。后鲁定公以他为中都宰，为司空，且为大司寇。定公十年齐鲁有夹谷之会。要不是孔子坚执着“有文事者必有武备”的主张，那一次会鲁是要吃大亏的。后来，孔子以大司寇摄相事，诛了乱政的大夫少正卯。但不久，鲁君便疏远了他。他离鲁出游。

他被斥于齐，被逐于宋卫，被困于陈、蔡之间，于是复反鲁。

“子曰：吾自卫反鲁，然后乐正，雅颂各得其所。”（《子罕》）这一年是鲁哀公十一年。他已经在外面飘流到数十年了。

但他在飘流的时候，却无地无时不在学习，不在搜集文化资料，也无时无地不在施教。跟随在他左右的子弟们很多。有勇士，像子路，有商人，像子贡，弟子来的地方不同，出身也不同。他们仿佛都是第一次向学术睁开眼睛，第一次有机会受到最早的最伟大的讲学者孔子的教育。

孔子为什么会感到学术的非解放不可呢？第一，他是殷之后，从宋襄公一派相传下来，原来是公族，被华氏所迫而出奔于鲁。他出时，他父亲已死。所以，他贫且贱，是一个十足的在没落中的贵族阶级。因为他还是这个贵族阶级里的人，所以他有获得及搜集传统的文化的可能，以他的好学不倦，各地的史记、学术几有集中于他一身之概。

他生于贵族阶级没落的时代；贵族们的荒淫无耻，横征暴敛，使一般人民大感痛苦。而商业的发达，使商人们的地位逐渐增高。贵族们的家臣或陪臣们——其出身大多数是老百姓，少数是没落的贵族——的势力也逐渐的加强了。这些新兴的阶级的产生和农民们的相当觉悟和反抗力的加大（《诗经》里的诗，像“彼公子兮不素餐兮”之类都是代表农民们的愤呼悲号的；《诗经》里农歌之多，也足以见当时农民们力量的逐渐为“学者”所认识）。正蕴酿着一个伟大的转变的时代。而他，孔子，却是适当其时的把贵族的文化集拢了来而传布到一般人民的阶层里去的一位最伟大的讲学者。他的讲学上的成功正可与他屡次不遇的政治上的失败正对比。他之所以成为“百世师”，便在他的解放了“学问”，使老百姓们都有得到“学问”的机会。在他的三千弟子里，出身于贵族阶级的很少。从他以后，中国的一个伟大的哲学时代方才产生出来，而这些大学者们的出身也大都不是贵族。

他在知识的传布之外，首要养成一个“君子”，一个坚贞的大人物。所以他道：“三军可夺帅也，匹夫不可夺志也。”（《子罕》）又道：“岁寒，然后知松柏之后凋也。”（《子罕》）又道：“知者不惑，仁者不忧，勇者不惧。”（《子罕》）又道：“见利思义，见危授命。”（《宪问》）又道：“志士仁人，无求生以害仁，有杀身以成仁。”（《卫灵公》）这些教训都是最肯定的在动乱时代的箴言。

他所要养成的“君子”，所要训练的“士”，便是最坚贞不动摇的人物，便是“杀身成仁”的先驱者，便是动乱时代的柱石，便是“中流”的砥柱，而决不是无耻的动摇的份子。

所以孔子是不能被利用的；孔子的教训和学说是不能被窜取、修改的。凡是“孔子之徒”都是一个“君子”，一个坚贞的“士”。凡出卖民族利益的，操守不坚定的，口仁义而行若盗贼的，虽然每每自命为“孔子之徒”，自命为孔道的宣扬者，而实则正是孔子所欲“诛之”者的。

孔子和孔子之“道”，自汉以来，便为民贼们叔孙通们所利用，所袭取，所变质，根本上并不是他的真面目。

孔子是一个最热烈的爱中国者；在政治上失败了之后，他便以第一个讲学者的面目出现于中国历史上，要在“文化”上致力。

他自己说道：“吾十有五而志于学。三十而立。四十而不惑。五十而知天命。六十而耳顺。七十而从心所欲，不逾矩。”（《为政》）这是他为学的经过。

“其为人也，发愤忘食，乐以忘忧；不知老之将至云尔。”（《述而》）这是他的最好的自述。

子曰：十室之邑，必有忠信如丘者焉。不如丘之好学也。（《公冶》）

子曰：默而识之，学而不厌，诲人不倦，何有于我哉！（《述而》）

子曰：我非生而知之者，好古敏以求之者也。（《述而》）

子曰：君子食无求饱，居无求安，敏于事而慎于言，就有道而正焉，可谓好学也已。（《学而》）

子曰：学而时习之，不亦说乎。（《学而》）

子曰：学而不思则罔，思而不学则殆。

子曰：敏而好学，不耻下问。（《公冶》）

子曰：吾尝终日不食，终夜不寝，以思，无益，不如学也。（《卫灵公》）

子曰：学如不及，犹恐失之。（《泰伯》）

子曰：朝闻道，夕死可矣。

子曰：士志于道而耻恶衣恶食者，未足与议也。（《里仁》）

子曰：贤者回也！一箪食，一瓢饮，在陋巷。人不堪其忧。回也不改其乐。贤者回也！（《雍也》）

哀公问弟子孰为好学。孔子对曰：有颜回者好学。不迁怒，不贰过。不幸短命死矣。今也则亡，未闻好学者也。（《雍也》）

孔子曰：生而知之者上也。学而知不者次也。困而学之，又其次也。困而不学，民斯为下矣！（《季氏》）

这些话都是珠玉，都是为学者的最好的良箴。而他自己为学之勤，也可于此见之。他论《易》，韦编三绝，曰："假我数年，若是，我于《易》彬彬矣。""子入大庙，每事问"（《八佾》）。他能够把贵族文化集合了拢来，把《书》《礼》《诗》《易》《春秋》，都编定了下来，正是他艰苦从学的结果。他道："饱食终日，无所用心，难矣哉！不有博弈者乎？为之犹贤乎已！"（《阳货》）这是他的愤语；他所最看不起的便是"饱食终日，无所用心"的人。《阳货》在《论语》里，有赞颂孔子的话不少。达巷党人道："大哉孔子，博学而无所成名。"（《子罕》）仪封人见到了孔子之后，出来说道："天下之无道也久矣！天将以夫子为木铎！"（《八佾》）这里所谓"天将以夫子为木铎"，正指他是文化的传道者。

子畏于匡，曰："文王既没，文不在兹乎？天之将丧斯文也，后死者不得与于斯文也。天之未丧斯文也，匡人其如予何！"这里所谓"斯'文'"，便是"文化"之谓。他集合古代文化于一身，其生命确是异常的重要！他的不幸，便是整个古代文化的不幸！他之所以称“天”者，在他那时代，运命的信仰是普遍的，当然，他也不能是绝对的例外。

“叔孙武叔毁仲尼。子贡曰：仲尼不可毁也，他人之贤者，丘陵也，犹可逾也。仲尼，日月也，无得而逾焉。人虽欲自绝，其何伤于日月乎！多见其不知量也！”（《子张》）又曰：“夫子之不可及也，犹天之不可阶而升也。”（《子张》）这和韩愈的颂李白、杜甫：“李杜文章在，光芒万丈长。蚍蜉撼大树，可笑不自量。”同样的意义。

司马迁道：“孔子布衣，传十余世，学者宗之。自天下王侯，中国言六艺者折中于孔子，可谓至圣矣！”战国以后，“孔子之徒”，在实际上便成了古代文化的“典守”者了。

把孔子成为一个宗教主，一个“巫师”般的人物，把许多怪诞的传说和神话涂附于孔子的身上，全都是汉以来的胡闹的把戏。在那里的孔子，是被利用了，被变质了的。

孔子是苏格拉底，不是释迦，不是耶稣，不是默哈默特。他是最爱人世间的，他是一个理想的大政治家，一个伟大的学者，哲学家；但绝对的不是一个神秘的人物。

关于孔子的言行生平，《论语》是最可靠的（但已有一部分为后人所增饰）。《史记》上的《孔子世家》几乎全依据于《论语》。《家语》《集语》及《阙里志》等附会已不少。而明人蔡复赏的《孔圣全书》多至三十五卷（《四库存目》，予藏有此书）。差不多把关于孔子的一文一语都搜罗在内。但当然，把无数怪诞的传说也都搜罗于中了。又曾见明嘉靖、隆庆间刊行的一部关于孔子的演义（《孔子平话》（？）鄞冯氏藏），万历间刊行的一部《孔圣周游列国大成麒麟记》传奇，写得都还比较的谨慎。至于像《孙武子雷砲兴兵救孔圣》（鼓词，明末清初版）一类的书，便荒唐得不值一顾了。

跋

右《民族文话》十五则，皆系作于中华民国二十七年的春夏间者。前七则，发表于《申报》的《自由谈》上，后八则，则发表于《鲁迅风》上。那时候，国军已经西撤，上海变得小得可怜，只剩下旧公共租界及旧法租界二区，还可以有小小的自由。其实也只是大家相濡以沫，无人能知命在何时。后来，环境更加恶劣了，《鲁迅风》终不得不停刊，我的《文话》便也不再写下去。我那时候用的是“源新”的笔名，曾经逐则剪贴起来。“十二·八”时，连同他稿，托徐调孚先生代为保存。历经变乱，幸得保全，不得不感谢调孚先生的热忱与好意！敬于此谢之！

这部《文话》原想写到民国初年为止，不料是写到孔子便中断了下来。但像这样的写法。似乎还不算陈腐。自己校读了一遍，也颇为喜悦，便这样的集成一本薄轶，再行与读者们相见。

我自己很喜欢“春秋”的时代，所以写这时代的“话”特别多。这已不是什么“诗话”“文话”类的东西了，大类关于周民族的一部分的简史。有许多比较难懂的文句，本来应该加以注解，因为没有什么工夫，只好照原样的让她印出。

从这《文话》中断后，我已不大在什么公开的刊物上写文章，自“十二·八”后，我简直是“绝笔”不弹此调。

今日能够再以此书与读者们相见，诚是感触万端。“胜利”带来了“新生”。且让这旧的《文话》做一个过去的结果吧。

中华民国三十五年一月十一日郑振铎跋

第二编　古事新谈

一　秦政焚书坑儒

离开现在二千一百六十年的时候，秦始皇统一了天下，心里很高兴。有一天，在咸阳宫摆了酒，有七十个博士到他前面捧着酒杯庆祝他。仆射周青臣歌颂他的功德，说是，从古以来，不曾有过像他那样有威有德的。始皇益发快乐。正在这时候，却有一个博士，山东人淳于越，向前说道："现在政府不学古人的样子，把天下分封亲友，实在是很危险的。要是一天有了变故，便不能相救。周青臣当面恭维，实在不是个忠臣。"始皇把他的话，告诉了大家，叫大家讨论。丞相李斯说道："你创立了从古未有的大功业，愚蠢的书生怎样会知道底细。古代的事，离今远了，不必学他们。从前列国相争，大家都抢人材。现在天下已经统一了，他们还纷纷议论些什么。不禁止他们瞎谈政府的事，皇上的权势一定要低落下去的；而且他们也要有结党集社的情形了。我以为，今后应该：历史专读秦国所记载的东西；除了官家博士官以外，谁也不许藏诗书和其他书籍，有藏书的人，都要将他们送到各处衙门里烧掉，有人胆敢聚谈诗书的，杀之；胆敢用古代的事来讥议现在的事的，杀灭他的一族人；地方官知道了不检举，也和他同罪。这道命令下来了以后，三十天内还没有把书烧掉的，那人须要把头发剪下，脸上刺着记号，送到长城边去筑城防虏。只有医药、卜筮、种树一类的书不用烧。老百姓们想学法令，可以到地方官那里去学。”始皇道：“就照你的话办。”

第二年，他又杀了读书的人四百六十多个。他以为从此再不会有反对他的人了。

不过，只过了六七年，秦的一朝代便被刘邦和项羽灭掉了。那刘邦和项羽二人却都是不读书的人。秦始皇的这种愚民政策实在是笨透了！

——《史记》卷六

难道今天还有学他样子的人？

二　刘邦打陈豨

刘邦做了皇帝的第十年，陈豨在代地起兵造反。刘邦听说陈豨部下的将领们都是从前做过买卖的人，便说道："我知道怎么对付他了。"便差人用好些金银去引诱他们。陈豨的将领们果然有好多来投降。

——《史记》卷八

这是一个很老的老故事了，不过我们读起来不还是很新鲜么？

三　捐谷得官

汉文帝的时候，匈奴常常来侵扰北方。中国有许多军队驻扎在那里防御他们。米粮总不够吃。文帝就下一道命令说，有商人肯捐谷和能够运米谷到北边的，可以给他官做。他的儿子景帝的时候，因为上郡以西有旱灾，也下令说，捐谷的人可以做官；价钱却更便宜了，为的是要广招徕。犯了罪的人，也可以捐谷来赎罪。

——《史记》卷三十

这恐怕是历史上卖官鬻爵的开端了。

四　囤积居奇

汉朝的时候，县官们往往把老百姓们的货物收买了来，差不多什么都要。这一收买，物价便都高涨起来。物价一高涨，商人们因为贪图高利，便也自己来囤货。地方官们纵容着他们。有钱的商人们便什么货都囤积了起来，不肯脱手，在那里等待更高的价钱。这样的，贪官奸商互相的勾结着，用贱价来收货，等到有了高价才肯卖出，实在不是公平的办法。

——《盐铁论》卷一

五　钱币与粮食

汉朝的时候，国家铸了许多钱币出来，流通民间，但是老百姓们没有钱使用的还是很多；这是什么道理呢？原来许多的钱币都流到少数富人的家里去了。国家很看重农业，开发荒地，鼓励耕种，米谷的产量不会少，但是老百姓们常常有饥饿的；这是什么原因呢？还不是因为有人把米粮囤积起来的缘故么？

——《盐铁论》卷二

六　萧何买田宅

刘邦自己带兵去打黥布，心里却不大放心萧何。他常常派人去问萧何，在那里做什么。有一个门客对萧何说道："你不久就要有灭族之祸了！你做了宰相，论功居第一位，没有别人比你再功高爵显了。但你自从到了关中以来，已经有十多年了，很能够得到老百姓们的欢心。老百姓们都拥护你，你还要孳孳不息买他们好。皇上所以常常派人来看你的缘故，就怕你要得到关中的老百姓们的心。现在，你应该出很低的利息去借款，多买田地，使老百姓们觉得你是个贪污的人，那末，皇上才会放心了。"萧何听了他的话，便开始强借硬买。刘邦方才高兴。他回来的时候，老百姓们拦着路，上呈文控告萧何用贱价强买他们的田地和房屋的事。他到了宫里，萧何来见他。他笑道："宰相，你倒会替自己弄钱！"于是，把老百姓们的呈文都交给了萧何，说道："你自己去向老百姓们谢罪吧。"

——《史记》卷五十三

专制者是不会放心一个得民心的官吏的。

七　陈平论刘项

刘邦问陈平道：“天下那么纷纷扰扰的，什么时候才会太平呢？”陈平道：“项王做人，恭敬爱人，士人之廉节好礼的，多到他那里去。不过，他对于行赏封官，给人爵邑，便有些舍不得。因此，有人也不大跟得住他。你，大王，傲慢而没有礼貌，廉节的人不会到你这里来的。不过，你能够给人以高官厚禄，随便封人以爵邑。士人当中，凡是顽强贪利无耻的人，也都来依附着你。你如果能够保其所长，去其所短，那末，天下便可以太平了。”

——《史记》卷五十六

八　庄周辞聘

楚威王听人说庄周有才德，派了使臣送了他一份厚礼，要迎接了他来，答应给他宰相做。庄周对楚国的使臣笑道："千金的礼很重，卿相的位置很高。不过，你没有看见郊祭时做牺牲的牛么？养活了它好几年，到了祭祀的时候，用锦绣的绸缎披在它身上，牵它到太庙去。在那时候，它虽然想做一只小猪活着，也不能够了。你快回去吧。不要污我了。我宁愿在污水沟里快快乐乐的游戏着，实在不愿意受国君的羁束。我愿意一辈子不做官，以快适我自己的志向。"

——《史记》卷六十三

在专制者底下做事，不是像一只做牺牲的牛一般么？

九　公皙哀不仕

山东人公皙哀不肯出来做官。孔子道：“天下没有德行的人，都做了人家的家臣，在大都市里做官。只有公皙哀生平不曾做过什么官。”

——《史记》卷六十七

十　鲁仲连义不帝秦

新垣衍对鲁仲连说道：“我看住在这围城里的，全都是有所求于平原君的人。现在我看先生的容貌，并不像是有求于平原君的，为什么久居于这个围城里而不肯走呢？”鲁仲连说道：“世上的人，都以为从前鲍焦的死，只是为了不能从容的宽慰自己而死，这话完全不对。众人不明白他，他的死不是为了他自己。现在那秦国，是一个弃绝礼义而看重功利的国家，用权术来驾御武士们，看待老百姓们就像奴才似的。如果秦王称心称意的做了皇帝，把他的虐政普遍的施行于天下，那末，我鲁仲连只有跳到东海里自杀而已，我实在不忍做他的老百姓！”

——《史记》卷八十三

十一　奇货可居

吕不韦是河南地方的一个大商人，他往来各地，买了贱的东西，贩到别的地方，用高价卖了出去，挣的钱很不少。有一次，吕不韦到了赵国的邯郸做买卖，遇到了秦国的王子子楚。子楚是秦昭王的孙子，祖父和父亲都不大喜欢他，把他送到赵国做“质”。他困居在邯郸城里，很不得意，穷苦无聊。吕不韦很可怜他，心里变动了一个念头，说道：“他倒是一件希奇的货物，可以囤积起来得厚利的。”便去和他交好，游说他，给他钱用，叫他结交宾客，又自己到了秦国，替他在他父亲所爱的华阳夫人那里送了一份厚礼。后来，他逃了回去，他父亲果然以他为太子。他便是秦庄襄王。即位后，以吕不韦为宰相，封做文信侯。

——《史记》卷八十五

做买卖的人，像吕不韦那样，眼光好不利害。他看见什么事都当作生意做；把任何人，任何东西都作为货物看待。他这笔投机买卖居然做着了。把做生意人抬上了政治上，还有什么好事做出来？——除了利己之外。

十二　张耳陈余

张耳和陈余都是魏国的大梁人。他们非常的要好。在地方上名气很大。刘邦做老百姓的时候，也曾在张耳家里住了好几个月。秦把魏国灭了后，晓得他们两人是魏国的名士，便出赏格要捕捉他们，捕得张耳的赏千金，捕得陈余的赏五百金。他们两人都变改了姓名，逃到了陈国地方，替里正做守卫的人，来养活自己。有一次，里正因为一件小过失，发了怒，拿鞭子来打陈余。陈余愤极，要发作起来。张耳连忙用足暗地里踢他，叫他受打，不要反抗。里正走了后，张耳把陈余拉到一株桑树底下，数说他道："我起初和你怎么说的？怎么现在受到了小小的折辱，便要和一个小吏拼命么？"陈余觉得他的话很对。秦的赏格传到了陈地，要捉他们两人。他们两人却反以守卫人的资格，把这道命令传布到“里”里去。

——《史记》卷八十九

专制者的赏格有什么用处呢？

十三　叔孙通谀秦二世

叔孙通是山东薛县人，秦时，到了京城，待补博士缺。陈胜在山东起兵，二世皇帝召博士和诸儒生们问计。博士和诸生们三十多人都走向前去，对道：“做人臣的人不能带兵，擅自带兵就是反叛。这是犯了死罪，不能赦免的。请你皇帝赶快发兵去打他。”二世很生气，脸色都变了。叔孙通连忙向前说道：“诸生说的话全不对。现在天下已经是合为一家了，各郡县的城墙都毁弃掉，兵器也都毁作农具了；以示天下再不会有什么战争的事。况且上有圣明的天子统治着，政府的法令又是那末具备，每个人都会得奉公守法，四方做买卖的人也都车辆往来不绝，哪里还会有人敢谋反。这不过是一群强盗，像鼠窃狗盗似的，何足以在齿牙间讨论着呢。只要郡守尉们去捕捉他们就够了，不用发什么愁的。”二世很高兴，说道“对”。便赐叔孙通布二十匹，衣服一套，且补上他做博士。

——《史记》卷九十九

十四　叔孙通定朝仪

汉刘邦攻下了彭城，叔孙通投降了刘邦。邦打了败仗，向西方退却，叔孙通便跟从了一同走。叔孙通穿着儒士的衣服，刘邦很讨厌他。他便改了服装，穿上了楚地式样的短衣。邦才高兴起来。当叔孙通投降的时候，跟随他一同投降的有儒生弟子一百多人。但叔孙通一个也不肯引荐他们，他所引荐的全都是从前的强盗和壮健勇敢的少年们。他的弟子们在背后骂他道："跟随了先生好几年，幸得一同投降了汉王。现在全不引荐我们，专门在引荐大奸巨猾们，这是什么道理呢？"叔孙通听见了他们的话，便告诉他们道："汉王现在正在冒着箭头石块，和人家争天下，你们书生们能够上阵打仗么？所以，我先引荐些能够上阵斩将夺旗的人物。你们且等待一时吧。我不会忘记了你们的。"汉王叫叔孙通做博士，号称他为稷嗣君。后来，刘邦灭了项羽，统一了天下，做了皇帝。但他已经把秦时的种种苛刻的法令和礼仪全都废去了，一切的仪式都很简单。臣子们，每个喝了酒便争论功劳；喝醉了，有的便胡乱的大叫着，拔出剑来斫殿柱，刘邦觉得很讨厌，但没法镇压得下去。叔孙通知道刘邦厌恶这种无秩序，无礼貌的情形，便告诉他道："读书的人不能上阵打仗，争城夺地，不过，却可以做建设的事业。我愿意去征聘山东地方的诸儒生和我的弟子们共定朝廷的礼仪。"刘邦道："不难办么？"叔孙通道："五帝的时代，音乐各各不同，三王的时代，礼仪也代代相异。礼仪这东西本来要斟酌时世和人情规定下来的。所以，夏、殷、周三代的礼仪，有的增加于前，有的删改于后，都是不甚相同的。我愿意采取古代的旧礼和秦时的朝仪，混合起来，订立一种新的礼仪出来。"刘邦道："你可以试试看。要容易明白的；还要酌量我能够做的做着。"于是，叔孙通到山东去征聘儒生们三十多人。有两个儒生不肯就聘，说道："你差不多侍候了十个主子了，全都是因为当面阿谀他们，才求得到好官做，和他们亲近。现在天下刚刚平定了下来，死的人还没有埋葬，受伤的人还没有医治好，你却又要定什么礼乐了。礼乐所以能够兴盛，须要积功德百年才可以。我不忍像你那末做。你所做的事，全不合古法。我不去！你走了吧，不要污辱我了！"叔孙通笑了起来，说道："你们真是腐败的儒生，全不知道时代的变迁。"便不再去找他们，只同了肯就聘的三十个人一齐西去。到了京城，他叫诸儒生和他的弟子们一百多人先在野外，置设了绵索来练习。练习了一个多月，叔孙通对刘邦说道："你可以去看看。"刘邦便到了那里去看，叫他们行礼，说道："我能够那末做。"于是，叫朝廷里的大小臣子们都去练习。汉七年的十月，长乐宫建筑完工，诸侯群臣都来朝见刘邦。从诸侯王以下，全都振恐肃敬。礼毕，又摆了宴席一同喝酒。没有一个人胆敢喧哗失礼的。于是，刘邦说道："我今天才知道做皇帝的尊贵了。"便拜叔孙通做太常，赏赐他金子五百斤。叔孙通趁此向前说道："那些弟子儒生们跟随我已经许久了。和我一同订定了这朝仪。希望你能够给他们官做。"刘邦便都叫他们做了官。叔孙通从朝中退出来，把金子五百斤分给了诸生。诸生便都很高兴的说道："叔孙通真是个圣人，知道现在时代的要紧的事务。"

——《史记》卷九十九

十五　张释之执法

汉文帝的时候，张释之做司法官。文帝有一天出行，经过中渭桥。有一个人从桥下走出来，皇帝的马惊跳了起来。他叫骑士们捉住了这个人，交给了法官办罪。张释之审问他，他说道："我走到桥边，听见禁跸的声音，便躲到桥底下去。经过了好久，总以为皇帝已经走过去了，便跑出来，一看见乘舆车骑，心一慌，便跑了。"张释之便向文帝说道："这个人惊了你，照法律应该罚款。"文帝很生气的说道："这个人亲自惊吓了我的马。还亏得我的马柔和，假使是别的一匹马，我不会受伤么？你怎么只判他罚款了事？"释之道："法律这东西是天子和天下的人共同要遵守着的。现在，法律规定得如此罚法，如果更重了罚他，那末，是叫法律不能给人民相信了。当时，你如果立刻杀了他，倒也没有什么话说，现在，你既然交给法官判罪，法官只知道依据了法律来判决，使天下人都知道法律的公平一律。如果一不公平，天下的官用法有轻有重，那末，老百姓们将怎样能够遵守法律而不至手忙足乱起来呢？”过了好一会，文帝才说道：“你的判决不错。”

——《史记》卷一百二

十六　周仁的缄默

周仁做了好多年的官，和皇帝很亲近。始终不曾开口说什么话。皇帝常向他问某人好不好，某人怎么样，他总是说道："请你自己察看着他吧。"也从来不曾说过别人的坏话。因此，景帝常常到他家里去，赏赐给他很多东西，他都谦让着不肯领受。诸侯诸臣们也常常赠送给他许多礼物，他也始终不曾收下来过。武帝的时候，他因生病免了官，还食着二千石的俸禄，归老于家。子孙们都做了大官。

——《史记》卷一百三

像这样的一个谨慎小心的人物，才可以在专制者底下保持得住他的禄位和生命吧。

十七　公孙弘善做官

公孙弘是齐国薛县人，汉武帝的时候做博士。他常说，皇帝的毛病是见解不广大；人臣的毛病是不肯俭节。他自己便盖着布被，饭菜不吃两样肉。每次朝廷开会议，他总是开陈其端绪，令皇帝自己去决定，不肯当面争执。于是皇帝觉得他行为敦厚，辩论有才，懂得文法吏事，却又能以儒家的学术来装点附会他们，便很喜欢他。二年之内，做到了左内吏，一天天的亲信贵重起来。他常和公卿约好，和皇帝说什么话。到了皇帝跟前，他便依顺了皇帝的意思而违背了原约。汲黯当皇帝的面诘问他道："齐人多诈而无情实，开头他和我们一同建议这事，现在却都违反了原议，他是个不忠心的人。"皇帝问公孙弘，弘谢罪道："知道我的人总以我为忠心的，不知道我的人便以我为不忠心。"皇帝觉得他的话不差，益发待他好。元朔三年，他做了御史大夫。汲黯说道："公孙弘做了三公，俸禄很多，他却盖着布被，这是假诈的。”皇帝问公孙弘有无此事。他谢罪道：“有这事。在九卿里和我相厚的人莫过汲黯。然他今天在朝廷上当面诘责我，实在说中了我的毛病。我做了三公，还盖着布被，实在是虚饰假诈，要想钓名沽誉。况且没有汲黯的忠心耿耿，皇帝怎么会听到这种话呢？”皇帝觉得他很谦让，待他更厚了，终于以他为丞相，封平津侯。他为人其实很妒忌；外面看来很厚道，其实城府很深。平常和他有不对付的人，他虽表面上和他们敷衍，显得很要好，却暗地里去害他们。主父偃的被杀，董仲舒的被徙于胶西，都是他捣的鬼。

——《史记》卷一百二十

这种外厚内深的人好不可怕！

十八　主父偃倒行逆施

主父偃是齐国临淄人，以上书皇帝得官。一年里连升了四次官。大臣们都怕他的嘴快，都贿赂他，送他不少钱。有人告诉他道："你太横霸了。"主父偃道："我少年时起，便游学在外；总有四十多年了，不曾得意过。父母不当我是儿子，兄弟们不肯收留我，宾客们都排挤着我。我穷困得实在太久了。大丈夫生在世上，如果不食用五鼎，死的时候也要在五鼎里烹死耳。我日暮途穷，所以要如此的倒行逆施的做着。"后来，皇帝拜他为齐相。他到了齐国，遍招了兄弟宾客们来，散了五百金给他们，数说他们一顿道："起初我穷的时候，兄弟们不肯给我衣食，宾客们不纳我进门。现在我做了齐相，你们有的人却到了千里外来迎接我。我和你们自此断绝关系，你们不要再进我的门上来了。”

后来，齐王受他的逼自杀，主父偃也因此被族诛。

——《史记》卷一百十二

小人一旦得志，怎能不倒行逆施呢？

十九　公仪休不受鱼

公仪休做鲁相，命令做官的人不得与人臣争利，做买卖。有人送鱼给他，他不收。他的门客问道："听说你爱吃鱼。人家送鱼给你，为什么不收下呢？"他答道："正因为爱吃鱼，所以不收下他的。我现在做了宰相，自己能够买鱼吃。现在收了他的，还会自己再去买鱼么？所以不收下他的。"

——《史记》卷一百十九

今日有不与民争利的官么？

二十 李离自杀

李离是晋文公的理狱官。有一次，他断错了案子，误杀一人。他自己拘禁起来，以为应死。文公道：“官有贵贱，罚有轻重。这是下吏的过失，并不是你的罪。”李离道：“我做了长官，并没有让高位给下吏们；我受了厚禄，也并没有分利给下吏们。如今断错了案子，误杀了人，倒要把罪过推到下吏身上去，实在不敢这末做。”因此，辞谢而不受文公的命令。文公遂道：“你便自己以为有罪，那末，我也是有罪的么？”李离道：“做理狱官的人有成法在那里；错刑了人，则当受刑；错杀了人，则当受死。你以我能够听察微理，以决疑狱，故叫我做了理狱官。如今我断错了案子，以致误杀了人，罪当死！”遂不受文公的命令，拿剑自杀而死。

——《史记》卷一百十九

这样明白法律责任的人，勇于引咎自责的人，历史上能有几个？今日还有么？

二十一　汲黯论张汤

汲黯是一个很严正的人。汉武帝见卫青，常踞坐在床边旁；见公孙弘，有时不戴冠；至如见汲黯，却非戴上了冠不可；不冠，总不见他。有一次，他坐在武帐里，汲黯向前奏事；他没有戴冠，望见黯走来，连忙躲避到帐中去，叫人代为答应了他的奏。张汤这时以更定律令，做了廷尉。汲黯常常在武帝面前，责难张汤，说道："你做了正卿，上不能发扬先帝之功业；下不能抑止天下之邪心，使国家平定，百姓富庶，使监狱里空虚，没有犯罪的人。二者你都不做，为什么倒把高祖皇帝的约束拿来纷纷更动？你将因此绝后代了。"他又时常和张汤辩论，不能屈伏汤，便忿怒起来，骂道："天下人说，刀笔吏不能做公卿，果然不错。你叫天下人重足而立，侧目而视了。"武帝那时尊重儒术，把公孙弘看得很重；又事益多，吏民们每巧文弄法。武帝因此也注意到法律条格。张汤等便迎合其意，常常把判决的狱事奏上，以邀宠幸。汲黯常诋毁儒生，当面骂公孙弘等心里怀着奸诈之意，却会饰着智辩，阿附人主之心以取富贵；而刀笔吏又专门深文巧诋，陷人于罪，叫人不能够申辩真情，总以辩胜了罪人，而自以为功。武帝越发尊贵公孙弘和张汤。弘、汤二人心里也深切的恨着汲黯。

——《史记》卷一百二十

像公孙弘、张汤那样的人，滔滔者天下皆是也。汲黯怎么能够和他们争斗得过呢？

二十二　辕固生论汤武

山东人辕固生，汉景帝时候做博士。他和黄生在景帝面前争论着。黄生道："成汤和武王二人，不是受命而王，乃是弑君。"辕固生道："这话不对！桀与纣二人虐待老百姓们，与天下人捣乱；天下人的心都归向于成汤与武王。成汤与武王顺应着老百姓们的心理而诛杀了桀纣；桀纣的人民们，不为他们所利用，而投归于汤武这一边来。汤武是不得已而立为天下王的，岂不是受命而王么？"黄生道："冠虽然敝坏了，到底是戴在头上的，鞋履虽然是崭新的，终是要穿在足上的。为什么如此呢，还不因为有上下之分么。如此说来，桀纣虽然无道，却是君上；汤武虽然圣明，却是臣下。君上有不好的行为，臣下不能用正言好语去劝告改正他，反因他的过失而杀了他，代他做了皇帝，不是弑君是什么？"辕固生道："你如果一定要这末说，那末，高祖皇帝代秦做了天子，也是不正当的了。”于是景帝调停的说道：“吃肉不吃马肝，也不算是不知味道；做学问的人不谈汤武革命的事，也不算是愚笨。”他们便息了争。

——《史记》卷一百二十一

二十三　董仲舒论灾异

董仲舒在汉景帝的时候，以研究春秋，官为博士。他专心研究，闭上了帘帷，不与弟子们见面。弟子们自己以久暂的次序，自相传授着。如此者三年，他连园舍也不去一看。他是这末专心一志的精研着。汉武帝的时候，他做了江都相。以春秋灾异的变故，推测阴阳之所以错乱颠倒的轨行；所以，求雨，他便要闭住诸阳，放出诸阴；至于止雨，则反其道而行之。阙中行之，都有应验。后来，退做中大夫。在家里，写着一部灾异之记的书。这时候，辽东高祖的庙宇被火烧掉，主父偃妒忌他，便把他这部书送到皇帝那里去。皇帝召了诸儒生来，把这部书给他们看，有刺讽讥嘲的话。恰好董仲舒的弟子吕步舒，不晓得是他先生写的东西，以为这部书是下愚之作。于是皇帝很生气，把董仲舒提来，关到监狱里去。审判者判他死刑，皇帝下诏赦免了他。董仲舒从此不敢再说什么灾异的话。

——《史记》卷一百二十一

以弟子而不知道他先生的判断灾异，可见这一套话全不过是鬼话连篇而已。

二十四　张汤的阴险

张汤做人，心里多虚诈，喜欢用他的聪明才智来驾御别人。其初，做小吏的时候，每每吞没别人的财产，和长安有钱的商人贾田甲，渔翁叔一辈人勾结交好。当他做了九卿的时候，接待收容天下的名士大夫。他自己心里虽然和他们不合，然而面子上都是假装着很仰慕他们似的。这时候，皇帝很尊重文学。张汤审判大狱，总要引用古代的文义，便请了博士弟子们研究《尚书》《春秋》的，补上了廷尉史，来评判疑狱。他奏上审判的疑狱时，一定预先向皇帝说明，分别其原由。皇帝觉得对的，他便受命而著为法令，说是皇帝的明达如此。他奏事时，如受了皇帝责备，他便谢罪道："正监掾史本来和我说是如此如此的。我没有听他们的话，实在是太愚笨了。"皇帝常常原谅他的罪。要是他奏事时，皇帝觉得对的话，他便说道："我本来不知道这末办的，这是正监掾史某某人办的。”他能够那末样的扬人之善，蔽人之过。这样的，他所判罪的人，便是皇帝意思里所要判罪的人；他所释放及判决得很轻的人，便是皇帝意思里所欲释放的人。他虽做了大官，行为很谨慎小心。常常接待宾客，大开宴会。对于故交的子弟们做吏的及穷苦的同族弟兄们，调护之尤为厚道。又常常不怕冷，不怕热的去拜谒各位大臣。所以张汤虽然酷刻，妒忌，名誉很好，而刻毒的吏们多给他使用，作为他的爪牙，文学之士们也很恭维他。丞相公孙弘常常称赞他的好处。

——《史记》卷一百二十二

这样的酷刻妒忌的人，倒偏会迎合主人的意思。还会敷衍接待人，自然容易固位揽权了。

（原载《民主》第29~33期）

第三编　桂公塘

桂公塘

天地虽宽靡所容！长淮谁是主人翁？

江南父老还相念。只欠一帆东海风。

——文天祥《旅怀》

一

他们是十二个。杜浒，那精悍的中年人，叹了一口气，如释重负似的，不择地的坐了下去。刚坐下，立刻跳了起来，叫道：

“慢着！地上太潮湿。”他的下衣已经沾得淤湿了。

疲倦得快要瘫化了的几个人，听了这叫声，勉强的挣扎的站着，背靠在土墙上。

一地的湿泥，还杂着一堆堆的牛粪，狗粪。这土围至少有十丈见方，本是一个牛栏。在这兵荒马乱的时候，不知那些牛只是被兵士们牵去了呢，还是已经逃避到深山里去，这里只剩下空空的一个大牛栏。湿泥里吐射出很浓厚的腥骚气。周遭的粪堆，那臭恶的气味，更阵阵的扑鼻而来。他们站定了时，在静寂清鲜的夜间的空气里，这气味儿益发重，益发难闻，随了一阵阵的晚风直冲扑而来。个个人都要呕吐似的，长袖的袖口连忙紧掩了鼻孔。

“就歇在这土围里，今夜？”

杜浒无可奈何的问道。

“这周围的几十里内，不会有一个比这个土围更机密隐秘的地方。我们以快些走离这危险的地带为上策，怎么敢到民家里去叩门呢？冷不防，那宅里住的是鞑子兵呢。”那作为向导的本地人余元庆又仔细的叮嘱道。

十丈见方的一个土围上面，没有任何的蔽盖。天色蓝得可爱。晶亮的小星点儿，此明彼灭的似在打着灯语。苗条的一弯新月，正走在中天。四围静悄悄的，偶然在很远的东方，似有几声犬吠，其声凄惨得像在哭。

露天的憩息是这几天便过惯了的，倒没有什么。天气是那末好，没有一点下雨的征兆。季春的气候，夜间是不凉不暖。睡在没有蔽盖的地方倒不是什么难堪的事。所难堪的只是那一阵阵的腥骚气，就从立足的地面，蒸腾上来，更有那一阵阵的难堪的粪臭气浓烈的夹杂在空中，熏冲得人站立不住。

“丞相怎么能睡呢，在这个龌龊的地方？”杜浒踌躇道。

文丞相，一位文弱的书生，如今是改扮着一个商人，穿着蓝布衣裤，腰系布条，足登草鞋。虽在流离颠沛之中，他的高华的气度，渊雅的局量，还不曾改变。他忧戚，但不失望。他的清秀的中年的脸，好几天不曾洗了，但还是那末光润。微微的有些愁容；眉际聚集了几条皱纹，表示他是在深思焦虑。他疲倦得快要躺下，但还勉强的站立着。他的手扶在一个侍从的肩上，足底板是又酸痛，又湿热；过多的汗水把袜子都浸得湿了，有点怪难受的苦楚。但他不说什么，他能够吃苦。他已经历过千辛万苦；他还准备着要经历千百倍于此的苦楚。

他的头微微的仰向天空。清丽的夜色仿佛使他沉醉。凉风吹得他疲劳的神色有些苏复。——虽然腿的小肚和脚底是仍然在酸痛。

“我们怎么好呢？这个地方没法睡，总得想个法子。至少，丞相得憩息一下！”杜浒热心地焦急着说道。

文丞相不说什么，依然昂首向天。谁也猜不出他是在思索什么或是在领略这夜天的星空。

“丞相又在想诗句呢。”年轻的金应悄悄的对邻近他身旁的一个侍从说。

“我们得想个法子！”杜浒又焦急的唤起大家的注意。

向导的余元庆说道：“没有别的法子，只能勉强的打扫出一片干净土出来再说。”

“那末，大家就动手打扫。”杜浒立刻下命令似的说。

他首先寻到一条树枝，枝头绿叶纷披的，当作了扫帚，开始在地上扫括去腥湿的秽土。

个个人都照他的榜样做。

“你的泥水溅在我的脸上了！”

“小心点，我的衣服被你的树枝扫了一下，沾了不少泥浆呢。”大家似乎互相在咆吼，在责骂，然而一团的高兴。几乎把刚才的过分的疲倦忘记了。孩子们似的在打闹。

不知扫折了多少树枝，落下了多少的绿叶，他们面前的一片泥地方才显得干净些。

“就是这样了吧。”杜浒叹了一口气，放下了他的打扫的工作，不顾一切的首先坐了下去。

一个侍从，打开了文丞相的衣包，取出了一件破衣衫，把它铺在地上。

“丞相也该息息了，”他怜惜的说道。

“诸位都坐下了吧，”文丞相蔼然和气的招呼道。

陆陆续续的都围住了文丞相而坐下，他们是十二个。

年轻的金应道：“我觉得有点冷，该生个火才好。”

“刚才走得热了，倒不觉什么。现在坐定了下来，倒真觉得有些冷抖抖的了。”杜浒道。

“得生个火，我去找干树枝去。”好动的金应说着，便跳了起来。

向导，那个瘦削的终年像有深忧似的余元庆，立刻也跳起身来，挡住了金应的去路，严峻的说道：“你干什么去！要送死便去生火！谁知道附近不埋伏着鞑子兵呢？生火招他们来么？”

金应一肚子的高兴，横被打断了，咕嘟着嘴，自言自语道：“老是鞑子兵，鞑子兵的吓唬人！老子一个打得他妈的十个！”然而他终于仍然坐了下去。

“鞑子兵不是在午前才出来巡逻的么？到正午便都归了队，夜间是不会来的。”杜浒自己宽慰的说道。

“那也说不定。这里离瓜州扬子桥不远，大军营在那边，时时有征调，总得格外小心些好。”余元庆的瘦削见骨的脸上露出深谋远虑的神色。

文丞相只是默默的不响，眼睛还是望着夜天。

镰刀似的新月已经斜挂在偏西的一方了；东边的天上略显得阴暗，有些乌云在聚集。中天也有几朵大的云块，横亘在那里，不知在什么时候出现的。

晚风渐渐的大了起来。土围外的树林在簌簌的微语，在凄楚的呻吟。

二

沉默了好久。有几个年轻人打熬不住，已经横躺在地上熟睡了；呼呼的发出鼾声来，金应是其一。他呼噜呼噜的在打鼾，仿佛忘记了睡在什么地方。

文丞相耿耿的光着双眼，一点睡意也没有。他的腿和脚经了好一会的休息，已不怎么酸楚了。

他低了眼光望望杜浒——那位死生与共，为了国家，为了他，而牺牲了一切的义士。杜浒的眼光恰恰也正凝望着他。杜浒哪一刻曾把眼光离开了他所敬爱的这位忠贞的大臣呢！

“丞相，”杜浒低声的唤道，“不躺下息息么？”他爱惜的提议道。

“杜架阁，不，我闭不上眼，还是坐坐好。你太疲乏了，也该好好的睡一会儿。”

“不，丞相，我也睡不着。”

文丞相从都城里带出来的门客们已都逃得干干净净了；只

剩下杜架阁是忠心耿耿的自誓不离开他。

他们只是新的相识。然而这若干日的出死入生，患难与共，使得彼此的肺腑都照得雪亮。他们俩几成了一体。文丞相几乎没有一件事不是依靠架阁的，而杜架阁也尝对丞相吐露其心腑道：

“大事是不可为的了！吴坚伴食中书，家铉翁衰老无用，贾馀庆卑鄙无耻；这一批官僚们是绝对的不能担负得起国家大事的。只有丞相，你，是奋发有为的。他们妒忌得要死，我们都很明白。所以，特意的设计要把你送到鞑子的大营里去讲和。这魔穴得离开，我们该创出一个新的有作为的局面出来，才抵抗得了那鞑子的侵略。这局面的中心人物，非你老不成。我们只有一腔的热血，一双有力的手腕。拥护你，也便是为国家的复兴运动而努力。”

丞相不好说什么，他明白这一切。他时刻的在罗致才士俊侠们。他有自己的一支子弟兵，训练得很精锐；可惜粮饷不够——他是毁家勤王的——正和杜浒相同。人数不能多。他想先把握住朝廷的实权，然后徐图展布，彻底的来一次扫荡澄清的工作。然而那些把国家当作了私家的产业，把国事当作了家事的老官僚们，怎肯容他展布一切呢！妒忌使他们盲了目。“宁愿送给外贼，不愿送给家人”，他们是抱着这样的不可告人的隐衷的。文天祥拜左丞相的谕旨刚刚下来，他们便设下了一个毒计。

蒙古帅伯颜遣人来邀请宋邦负责的大臣到他军营里开谈判。

这难题困住了一班的朝士们，议论纷纷的没有一毫的定见。谁都没有勇气去和伯颜谈判。家铉翁是太老了，吴坚是右丞相，政府的重镇，又多病，也不能去。这难题便落在文天祥的身上。他是刚拜命的左丞相，年刚气锐，足以当此大任。大家把这使命，这重责，都想往他身上推。

“谁去最能胜任愉快呢？”吴坚道。

“这是我们做臣子的最好的一个效力于君国的机会，我倒想请命去，只可惜我是太老了，太老了，没有用。”家铉翁喘息的说道，全身喘息在东边的一张太师椅上。

“国家兴亡，在此一举，非精明强干，有大勇大谋的不足以当此重任。”贾馀庆献谀似的说，两眼老望着文天祥。他是别有心事的：文天祥走了，左丞相的肥缺儿便要顺推给他享受了，所以他怂恿得最有力。

朝臣们纷纷你一言我一语的，都互相在推诿，其意却常在“沛公”。

那纷纷营营的青蝇似的声响，都不足以打动文天祥的心，在他的心里正有两个矛盾的观念在作战。

他不曾预备着要去，并不是退缩怕事。他早已是准备着为国家而牺牲了一切的。但他恐怕，到了蒙古军营里会被扣留。一身不足惜，但此身却不欲便这样没有作用的给糟蹋掉。

当陈宜中为丞相的时候，伯颜也遣人来要宜中去面讲和款，那时天祥在他的幕下，再三的诤谏道：

“相公该为国家自重。蒙古人不可信，虎狼之区万不宜人。若有些许差池，国家将何所赖乎？”

宜中相信了他的话，不曾去。

如今这重担是要挑在他自己的身上了，他要为国家惜此身。他要做的事比这重要得多。他不愿便这样轻忽的牺牲了，他还有千万件的大事要做。

他明白自己地位的重要，责任的重大。他一去，国家将何所赖乎？杜浒，他的新相识的一位侠士，也极力的阻止他；劝他不要以身入虎口。杜浒集合了四千个子弟兵，还有一腔的热血，要和他合作，同负起救国的责任。也有别的门客们，纷纷扰扰的在发挥种种不同的意见。但他相信，纯出于热情而为远大的前途作打算者，只有一个杜浒。

然而，他在右丞相吴坚府第里议事时，看见众官们的互相推诿，看见那种卑鄙龌龊的态度，临难退缩，见危求脱的那副怯懦的神气，他不禁觉得有些冒火。他的双眼如铜铃似的发着侃侃的恳挚的光亮。他很想大叫道：

“你们这批卑鄙龌龊的懦夫们呀，走开，让我前去吧！”

然一想到有一个更大的救国的使命在着，便勉强的把那股愤气倒咽了下去。他板着脸，好久不开口。

但狡猾如狐的贾馀庆. 却老把眼珠子溜到他身上来，慢条斯理的说道：

“要说呢，文丞相去是最足以摧折强虏的锐锋——不过文丞相是国家的柱石——”

他很想叫道：“不错，假如我不自信有更重要的使命的话，我便去了！”

然终于也把这句不客气的话强咽了下去。

“文丞相论理是不该冒这大险。不过……国家在危急存亡之候，他老人家……是最适宜于担着这大任的。”吴坚也吞吞吐吐的应和着说道。

一个丑眉怪目的小人，刘岊，他是永远逢迎着吴坚、贾馀庆之流的老官僚的，他挤着眼，怪惹人讨厌的尖声说道：

“文丞相耿耿忠心，天日可鉴；当此大任，必不致贻国家以忧戚。昔者，富郑公折辱辽寇……”

“彼一时也，此一时也……方张的寇势，能以一二语折之使退么？这非有心雄万夫的勇敢之大臣，比之富郑公更……”贾馀庆的眼锋又溜到文天祥的身上，故意的要激怒他。

这一批老奸巨猾们的心理，他是洞若观火的。他实在有些忍不住，几乎不顾一切的叫道：

“我便去！”

他究竟有素养，还是沉默着，只是用威严有棱的眼光，来回的扫在贾馀庆和刘岊们的身上。

一时敞亮的大厅上，鸟雀无声的悄静了下来，虽然在那里聚集了不下百余个贵官大僚。

空气石块似的僵硬，个个人呼吸都艰难异样。一分一秒钟，比一年一纪还难度过。

还是昏庸异常的右丞相吴坚打破了这个难堪的局面：

“文丞相的高见怎样呢？以丞相的大才，当此重任，自能绰有余裕，国家实利赖之。”

他不能不表示什么了。锋棱的眼光横扫过一堂，那一堂是行尸走肉的世界；个个人都低下了眼，望着地，仿佛内疚于心，不敢和他的锐利如刀的眼光相接触。他在心底深喟了一声，沉痛的说道：

“如果实在没有人肯去，而诸位老先生们的意见，都以为非天祥去不可的时候，天祥愿为国家粉碎此无用之身。惟恐嚣张万状的强虏，未必片言可折耳。”

如护国的大神似的，他拟坐在西向一张太师椅上。西斜的太阳光，正照在他的身上，投影于壁，硕大无朋，正足以于影中笼罩此群懦夫万辈！

个个人都像从危难中逃出了似的，松了一口气。

文天祥转了一个念，觉得毅然前去，也未尝不是一条活路。中国虽曾扣留了北使郝经到十几年之久——那是贾似道的荒唐的挑衅的盲举——但北庭却从不曾扣留过宋使。奉使讲和的人，从不曾受过无理的待遇。恃着他自己的耿耿忠心，不惧艰危，也许可以说服伯颜，保全宋室，使之在不至过分难堪的条件之下，偷生苟活了若干时，然后再徐图恢复、中兴。这未必较之提万千壮丁和北虏作孤注一掷的办法便有逊。这也是一个办法。即使冒触虏帅而被羁，甚至被杀，还不是和战死在战场上一样的么？人生总有一个死，随时随处无非可死之时地，为国家，个个人都该贡献了他的生命，而如何死法，却不是自己所能自主的。为政治活动者，正像入伍当一个小小的兵丁，自己是早已丧失了自由的——自己绝对没有选择死的时和地的自由。

况且北虏的虚实，久已传闻异辞，究竟他们的军队是怎样的勇猛，其各军的组织是怎样的，他们用什么方法训练这长胜之军，一切都该自己去仔细的考察一下，作为将来的准备。那末，这一行，其意义正是至重且大。

这样一想，他便心平气和起来，随即站起身来，说道：

“诸位老先生，事机危矣，天祥明天一早便行；现在还要和北使面谈一切。失陪了。”

头也不回的，刚毅有若一个铁铸的人，踏着坚定的足步离开大厅而去。

三

想不到北虏居然出乎例外的会把他羁留着。

杜浒听见了他出使的消息，焦急的只顿足。见了他，只是茫然若有所失：也更说不出什么刺激或劝阻的话来。他觉得，这里面显有极大的阴谋。他不相信文丞相不明白。他奇怪的是，丞相为什么毅然肯去。

“难道我们的计划便通盘打消了么？”他轻声的对天祥说道。

“不过，这一着也是不得已的冒险的举动——战争还不像赌博，每一次都在冒险么？我们天天都要准备站在最前线，又何妨冒这一次险。其实，我的目的还在观北虏的虚实——你明白我的心事，我去了，你要加紧的训练着军士。更艰危的责任，是在你们的身上！”天祥说着，有些黯然，他实在莫测自己此行的前途。

杜浒瞿然的跳叫道；“不然，不然！丞相在，国便在！丞相去了，国事将靠谁支持？吴坚、贾馀庆……不，不，他们岂是可以共事的人！丞相既然决心要出使，那末我也随去，也许有万一的帮助。假如北虏有万一不测的举动，我们得设法躲逃。丞相以一身担国家大事，为责甚重。决不可视自身过轻。要知道我们的身体，已许于国，便是国家的，而不是自己的了！……至于我的子弟兵，那很容易措置，还不是有我的族弟杜渚在统率着么？他是不会误事的。”

天祥热切的握住了杜浒的手，感动得说不出话来，良久，才道：

“杜义士，我是国之大臣，应该为国牺牲。义士何必也随我冒这大险呢？”

“不，不，我此身是属于国的，也是属于丞相的。丞相的安危，便是国家的安危！我要追随着丞相的左右，万死无悔！”他的眼眶有些泪点在转动。

天祥很兴奋，知道宋朝还不是完全无人！天下的壮士们是尽可以赤诚热血相号召的。同时奋然自拔，愿和他同去的，又有门客们十余人，随从们十余人。

想不到一到北营使失了自由，一切计划，全盘的被推翻。北虏防御得那末周密，他们的军士们是那末守口如瓶。天祥们决无探访一切的可能。他们的虚实是不易知的。但所可知的是，他们已下了一个大决心，要掠夺南朝的整个江山，决不是空言所能折服的。

他对伯颜说了上千上万的话；话中带刺，话里有深意。说得是那末恳切，那末痛切，说得是那末慷慨激昂，不亢不卑，指陈利害是那末切当；听得北虏的大将们，个个人都为之愕然惊叹。他们从不曾遇到那末漂亮而刚毅的使臣。

他们在中央亚细亚，在波斯，在印度，灭人国，墟人城，屠毁人的宗社，视为惯常不足奇的事。求和的，投降的使臣们不知见了千千万万，只有哀恳的，苦诉的，卑躬屈节的，却从来不曾见过像这位蛮子般的那末侃侃而谈，旁若无人的气概。

出于天然的，他们都咬指在口，啧啧的叹道：

“好男子，好男子！”

伯颜沉下了脸，想发作，终于默默无言。几次的争辩的结果，伯颜是一味敷衍，一味推托；总说没有推翻南朝社稷之心，总说绝不会伤害百姓，总说要听命于大皇帝。但文天祥现在是洞若观火的明白蒙古人的野心；他们不像过去时代的辽、金，以获得一部分的土地和多量的岁币与贿赂为满足的。挡在蒙古人铁蹄之前的，决不会有完整的苟全的一片土。他们扫荡，排除，屠杀一切的障碍，毫不容情，毫不客气。在他们的字典里没有“怜恤”这一个名辞。

文天祥警觉到自己这趟的劳而无功；也警觉到自身的危险。然而他并不气馁。条件总是谈判不下，蒙古兵不肯退，也不叫文天祥回去，只是一天天的敷衍推托着。派他们二个贵族的将官们，天天同天祥作馆伴，和他上天下地的瞎聊天。趁着这个机会，文天祥恳切的把能说的，该说的话都说尽了；说到了南朝的历代深仁厚泽，说到了南方人民们的不易统治，说到了蒙古人之必不能适宜于南部的生活，说到了几代以来南朝与蒙古皇帝的真诚的合作，说到了南北二朝有共存共荣的必要。他几乎天天都在热烈的游说、辩难着。

那两位贵酋，也高高兴兴的和天祥折难，攻驳，但一到了紧要关头，便连忙顾左右而言他，一点儿真实的意见也不肯表示。蒙古人集重兵于临安城下，究竟其意何居呢？讲和或要求投降？谁都没有明白的表示。

然而在那若明若昧，闪闪烁烁的鬼祟态度之下，文天祥早看穿了他们的肺腑。他们压根儿便没有讲和的诚意。已经快到口的一块肥肉，他们舍得轻易放弃了么？

捉一个空，天祥对杜浒低声的叹息道："北虏此来，志不在小。只有拼个你死我活的份儿；决没有可以苟全之理！饶你退让到绝壁，他们也还是要追迫上来的。讲和，只是一句门面话。我懊悔此行。以急速脱出为上策。此事只可和君说！走！除了用全力整军经武和他们周旋之外，没有第二条路可走！"

杜浒慷慨的说道："一切都会在意，我早就看穿了那些狼子们的野心了！"

坚定的眼光互相凝望着。他们的前途明明白白的摆放在那里；没有踌躇、徘徊、退缩、躲避的可能。

四

从降臣吕师孟叔侄到了军中，北虏的情形益加叵测。大营里天天有窃窃私语声，不知讲论些什么。一见到文天祥走近，便都缄口不言。天祥好几次求见伯颜，欲告辞归之意，只是托辞不见，故意拖延了下去。告二贵酋，要求其转达，也只是唯唯诺诺的，不的置可否。而防卫加严，夜间门外有了好几重的守卫。铁甲和兵器的铿铿相触声，听得很清楚。

终于见到了伯颜。天祥直前诟斥其失信："说是送我归朝，为何还迟延了下去呢？有百端的事待理。便讲和未成，也该归朝和诸公卿商议，明奏皇上，别定他计。为什么明以馆伴相礼，而实阴加监视呢？"

伯颜只以虚言相慰。天祥声色俱厉在呵责，求归至切。吕文焕适在旁坐，便劝道：

"丞相且请宽心住下；朝事更有他人可理会，南朝也将更有大臣来讲和。"

天祥睁目大怒，神光睖睖可畏，骂道："你这卖国的乱贼，有何面目在此间胡言乱语！恨不族灭你！只怪朝廷失刑！更敢有面皮来做朝士？汝叔侄能杀我，我为大宋忠臣，正是汝叔侄周全我。我又不怕！"

北酋们个个都动容，私语道："文丞相是心直口快男子心！"

文焕觉得没趣，半晌不响。然天祥却因此益不得归。

文焕辈私语伯颜道："只有文某是有兵权在手的，人也精明强干；羁留住了他这人，他们都不足畏了。南朝可传檄而定。"伯颜也以为然。

五

那一夜，天容黑得如墨，浓云重重叠叠的堆拥在天上。有三五点豆大的雨点，陆陆续续的落下。窗外芭蕉上渐有淅沥之声，风吹得檐铃间歇的在作响。

窗内是两支大画烛在放射不同圈影的红光。文天祥坐在书桌前，黯然无欢，紧蹙着双眉，在深思。

唆都，那二贵酋之一，也坐在旁边，在翻阅他的带来的几本诗集，有意无意的说道：

“大元将兴学校，立科举。耶律大丞相是最爱重读书人的。丞相，您在大宋为状元宰相，将来必为大元宰相无疑！不像我们南征北讨的粗鲁人……”

“住口！”天祥跳起来叫道，“你们要明白，我是大宋的使臣！国存与存，国亡与亡！我心如铁如石，再休说这般的话！”他的声音因愤激之极而有些哽咽。

“这是男子心，我们拜服之至！只是天下一统，四海同家。做大元宰相，也不亏丞相您十年窗下的苦功。国亡与亡四个字且休道！我们大元朝有多少异族的公卿。”

天祥坚定的站在烛影之下，侃侃的说道：“我和你们说过多少次了，我是大宋的使臣，我的任务是来讲和！生为大宋人，死为大宋鬼！再休提那混账的话。人生只有一个死；我随地随时都准备着死。迫紧了我，不过是一死。北庭岂负杀戮使臣之名！”

忙右歹连忙解围道：“我们且不谈那些话。请问大宋度宗皇帝有几子？”

天祥复坐了下来，答道：“有三子。今上皇帝是嫡子。一为吉王，一为信王。”

“吉王，信王，今何在呢？”

“不在这都城之内。”

忙右歹愕然道：“到哪里去了呢？”

“大臣们早已护送他们出这危城去了！”

唆都连忙问道：“到底到了哪里？”

“不是福建，便是广东。大宋国疆土万里，尽有世界在！”

“如今天下一家，何必远去！”

“什么话！我们不知道什么叫做降伏；即使攻破了临安，我们的世界还有在！今上皇帝如有什么不测，二王便都已准备好，将别立个朝廷。打到最后一人，我们还是不降伏的！还是讲和了好，免得两败俱伤。贵国孤军深入，安见不会遇到精兵勇将们呢？南人们是随地都有准备的。”

唆都不好再说下去，只是微笑着。

门外画角声呜呜的吹起，不时有得得的马蹄声经过。红烛的光焰在一抖一抖的，仿佛应和着这寒夜的角声的哀号。

六

接连的几天，北营里纷纷扰扰，仿佛有什么大事发生。杜浒和小番将们是很接近的，但也打听不出什么。

天祥隐约的听到入城的话，但问起唆都们时，他们便都缄口不言。

伯颜是更不容易见到了。连唆都、忙右歹也忙碌起来，有时半天不见面，好像到什么地方。归来总是一身汗，像骑马走了远路似的。

天祥知道一定有什么变故。他心里很不安，夜间，眼光灼灼的睁着，有一点声响便侧耳细听。

有一夜，他已经睡了，唆都、忙右歹方才走了进来，脱了靴。仿佛是忙右歹，低语道："文丞相已经熟睡了罢？这事，大家瞒得他好。吕家叔侄也说，万不可让他知道。"

"如今大事已定，还怕他知道做什么！"唆都粗声的说。

天祥霍地坐起身来，心脏蓬蓬的像在打鼓，喉头里像有什么东西塞住，一股冷气透过全身。整个人像跌落在冰窖里。

“什么！你们瞒的是什么事？”

忙右歹连忙向唆都做眉眼，但唆都不顾的说道：

“我告诉您丞相了吧，如今大事已定。天下一统了！我大元军已经进了贵国都城。贵皇上拜表献土，并诏书布告天下州郡，各使归附。我大皇帝和大元帅宽厚仁慈。百姓们丝毫不扰，社稷宗庙可以无虞。不过纳降大事，大元帅已请贵国吴相，贾相，谢枢密，家参政，刘同知五人，为祈请使奉表大都，恳请大皇帝恩恤保存！”

“这话真的么？”天祥有些晕乱，勉强的问道。

“哪有假的！我们北人从来说一是一。”

天祥像在云端跌到深渊之下；身体有些飘忽，心头是欲呕不呕，手足都战抖着，面色苍白得可怕。挣扎得很久，突伏在桌上大哭起来。

血与泪的交流；希望与光明之途，一时都塞绝。他不知道怎么办好！此身如浮萍似的无依。只欠一死，别无他途。

那哭声打动得唆都们都有些凄然，但谁都不敢劝。红烛光下，透吐出一声的哀号，在静夜，凄厉之至！

门外守卫的甲士们，偶然转动着刀矛上的铁环，发出丁丁之声。

唆都防卫得更严，寸步都不敢离开，怕天祥会有什么意外。

七

杜浒凑一个空，来见天祥。天祥的双眼是红肿着，清秀的脸上浮现着焦苦绝望之神色。

杜浒的头发蓬乱得像一堆茅草，他从早起便不曾梳洗。

低声的谈着。

“我们的子弟兵听说已经从富春退到婺、处二州去了；实力都还不曾损。”杜浒道。

天祥只点点头，万事无所容心的。

“吴坚、贾馀庆辈为祈请使北上，不知还能为国家延一线之脉否？最可怜的是，那末颓老的家参政，也迫他同行。丞相明天也许可以见到他们。”

天祥默然的，不知在打什么主意。他的心是空虚的。一个亡国的被羁的使臣，所求的是什么呢？

“但还有一个更重要的消息：虽诏书布告天下州郡，各使归附北庭。但听说，肯奉诏的很少，忠于国的人很多。两淮、浙东、闽、广诸守将都有抗战到底的准备，国家还可为！”

天祥像从死亡里逃出来一样，心里渐有了生机；眼光从死色而渐恢复了坚定的严肃。

“那末，我们也该有个打算。”

“不错，我们几个人正在请示丞相，要设法逃出这北营，回到我们的军队里去。”

“好吧，我们便作这打算。不过，要机密。如今，他们是更不会放我归去的了；除了逃亡，没有其他的办法。”

杜浒道：“我去通知随从们随时准备着。”

“得小心在意！”

“知道的。”

而就在这天下午，伯颜使天祥和吴坚、贾馀庆辈一见。

“国家大事难道竟糟到这样地步了么？”天祥一见面便哭起来。

相对泫然。谁也不敢说话。

“老夫不难引决；唯有一个最后的希望。为国家祈请北主，留一线命脉。故尔偷生到此。”家铉翁啜泣道。

“北庭大皇帝也许可以陈说；伯颜辈的气焰不可向迩，没有什么办祛。所以，为社稷宗朝的保全计，也只有北上祈请的一途。”贾馀庆道。

天祥不说什么。沉默了一会。

唆都跑了来，传达伯颜的话道：“大元帅请文丞相也偕同诸位老先生一同北上。”

天祥明白这是驱逐他北去的表示。在这里，他们实在没有法子安置他。但这个侮辱是太大！伯颜可以命令他！他不在祈请使之列，为何要偕同北上呢？

他想立刻起来呵责一顿；他决不为不义屈！他又有了死的决心。北人如果强迫他去，他便引决，不为偷生。

但这时是勉强的忍受住了，装作不理会的样子。

那一夜，他们都同在天祥所住的馆驿里。天祥作家书，仔细的处分着家事。

那五位，都没有殉国的决心。家铉翁以为死伤勇；祈而未许，死还未晚。吴坚则唯唯诺诺，一点主见也没有。贾馀庆、谢堂、刘岊辈口气是那末圆滑，仿佛已有弃此仕彼的心意，只是不好说出口。

杜浒，在深夜里，匆匆的到了天祥寝处，面有喜色的耳语道：“国事大有可为！傍晚时，听说陈丞相、张枢密已有在永嘉别立朝廷的准备了；这是北兵的飞探报告的。伯颜很恐慌。”

“如天之福！”天祥仰天祷道。

他的死志又因之而徘徊隐忍的延下来。而逃亡之念更坚。

“有希望逃出么？”

杜浒摇摇头。“门外是三四重的守卫。大营的巡哨极严，行人盘查得极紧密。徒死无益。再等一二天看。”

“名誉的死”与“隐忍以谋大事”的两条路，在天祥心里交战了一夜。

“我们须为国家而存在，任何艰危屈辱在所不辞！”他喃喃的梦语似的自誓道。

第三天，他们走了。简直没有一线的机会给天祥逃走。他只好隐忍的负辱同行。他的同来的门客都陆续的星散了。会弹古琴的周英，最早的悄悄的溜走。相从兵间的参谋顾守执也就不告而别。大多数的人，都是天祥在临行之前遣散了的。他们知道这一去大都，凶多吉少，便也各作打算，挥泪面别。不走的门客和随从们是十一个。杜浒自然是不走，他对同伴们说道：

“丞相到哪里去，我也要追随在他的左右。我们还有更艰巨的工作在后面。”

一个路分，金应，从小便跟在天祥身边的，他也不愿走，他是刚过二十的少年，意气壮盛，有些膂力。

“我们该追随丞相出死人生，为国尽力！”他叫道。

十一个人高声的举手自誓，永不相离。天祥凄然的微笑着；方棱的眼角有些泪珠儿在聚集，连忙强忍住了。

“那末，我们得随时准备着。说不定什么时候有事，我们应该尽全力保护丞相！”杜浒道。

仗节辞王室，悠悠万里辕！
诸君皆雨别，一士独星言！
啼鸟乱人意，落花销客魂。
东坡爱巢谷，颇恨晚登门。

杜浒悄悄的对天祥道：“我们等机会；一有机会，我们便走；疾趋军中，徐图恢复！路上的机会最多；请丞相觉醒些。一见到我的暗号，便当疾起疾走！”

“知道，我也刻刻小心留意。”

那一夜，船泊在谢村。他们上岸，住在农家。防御得稍疏。到了北营之后，永不曾听见鸡啼。这半夜里，却听得窗外有雄鸡长啼着。觉得有些异样，也有些兴奋。

他们都在灯下整理应用的杂物；该抛的抛下，该带的带着，总以便于奔跑为第一件事。灯下照着憧憧往来的忙乱的人影，这是一个颇好的机会。

杜浒吩咐金应道：“到门外看看有什么巡逻的哨卒

没有？”

金应刚一动足，突闻门外有一大队人马走过，至门而停步，把破门打得嘭嘭的响。

吃了一惊，那主人颤抖的跑去开门。一位中年的北方人，刘百户奉了命令来请天祥立刻下船。同来的有二三十个兵卒，左右的监护着。那逃走的计划只好打消。

但刘百户究竟是中国人，听了婉曲的告诉之后，便不十分的迫逼，竟大胆的允许到第二天同走。然防卫是加严了。

不料到了第二天清晨，大酋铁木儿却亲驾一只船，令一个回回人命里，那多毛的丑番，立刻擒捉天祥上船。那种凶凶的气势，竟使人有莫测其意的惶惑。杜浒、金应都哭了。他们想扑向前去救护。

天祥道：“没有什么，该镇定些。他们决不敢拿我怎样的。此刻万事且须容忍。以蛋碰石，必然无幸！”

他们个个人愤怒得目眦欲裂。可惜是没有武器在手，否则，说不定会有什么流血的事发生。

且拖且拉的把天祥导上了船，杜浒们也荷着行李，跟了上去。在船上倒没有什么，只是防备甚严。为祈请诸使乘坐的几只船都另有小舟在防守着；随从们上下进出，都得仔细的盘查，搜检。他们成为失了自由的人了！

听说刘百户为了没有遵守上令，曾受到很重的处分。几个色目人乘机进谗，说是中国人居心莫测，该好好的防备着。所以重要的兵目、首领，都另换了色目人。

八

那一夜，仍宿在岸上。有留远亭。北酋们设酒于亭上。请祈请诸使列坐宴饮。亭前燃起了一堆火。他们还忘不了在沙漠里住蒙古包的习惯。贾馀庆在饮酒中间，装疯作傻，诋骂南朝人物无所不至，用以献媚于铁木儿。那大酋只是吃吃的笑。

更荒唐的是刘岊，说尽了平常人不忍出口的秽亵的话；只是想佞媚取容。诸酋把他当作了笑具。个个人在取笑他，以他为开玩笑的鹄的。他嘻嘻的笑着，恬然不以为耻。

天祥掉转了头，不忍看。吕文焕悄悄的对天祥道：

“国家将亡，生出此等人物，为南人羞！”

他并不答理文焕。半闭目的在养神，杂碎的笑语，充耳不闻，笑语也掷不到他的一个角隅来。

突然的一个哄堂的大笑。站在身边的杜浒顿足道：“太该死了！太该死了！假如有地缝可钻，我真要钻下去了。”

天祥张开了眼。不知从什么地方携来了一个乡妇，丑得可怕，但和北人甚习，恐怕是被掳来已久。北酋们命这乡妇踞坐在刘岊的身上，刘岊居然和她调戏。

一个贵酋指挥道："怎么不抱抱这位老先生呢？"

乡妇真的双手抱住了他，咬唇为戏。刘岊还笑嘻嘻的随顺着。连吴坚也觉得难堪。

天祥且悲且愤的站了起来，踏着坚定的足步而去。吴坚、家铉翁、贾馀庆也起而告辞。

远远的还听见亭上有连续的笑声，不知这活剧要进行到什么时候。

九

船到了镇江，诸祈请使和护送的北军们都暂扎了下来。镇江是一个四通八达的所在；对岸的扬州和真州都还在南军手里。北方的大军都驻在瓜洲一带，在监视扬、真二军的举动。镇江的军队并不多。

天祥们在这里比较的可以自由。他住在一个小商店的楼上。杜浒们也随在左右。他们是十二个。

江上的帆船往来不绝，天祥天天登楼望远，希望能够得到一只船。载渡他们向真州一带去。一到了那里，他们便可脱险了。这事，杜浒担任下全责。

他天天上街打听消息。同伴们里有一个真州人余元庆，他熟悉这里的风土，也同在策划一切，杜浒道：

“这里再不走脱，更向北走，便不会有可脱之途了。但这事太危险。我准备以一死报丞相！”

天祥在袖中取出一支小匕首来，说道：“我永远的带着这匕首，事不济，便以此自杀，决不再北行！”

如颠狂的人似的，杜架阁天天在酒楼闹市上喝酒胡闯。见一可谋的人，便强拉他为友，和他同醉。醉里，谈到了南朝的事，无不兴奋欲图自效。他便很大胆的倾心腑与之商谋，欲求得一船，为逃遁计。那人也慷慨激昂的答应了。

然而空船永远是没有。所有的空船，都已为北军所封锁。往来商艇，几已绝迹。江上纷纷藉藉的不是北军的粮船，便是交通艇。每只船上都有“鞑子”或回回督压着。那当然是谈不到什么租赁的话，更不必说同逃。

这样的，杜浒见人便谈，一谈便商谈到租船的事；所商的不止十个人，还是一点影子都没有。

已经有了北行的消息。在这几天里，如果不及速逃出，那逃出的希望便将塞绝。

天祥天天焦急的在向杜浒打听，杜浒也一筹莫展的枉在东西奔走，还是没有丝毫的好消息。

说是第二天便要请祈请使们过江到瓜州，再由那边动身北去。

“再不能迟延下去了！怎么办呢？”天祥焦虑的说道。

“能同谋的人们，都已商量到的了，还是没有影响；昨天有一个小兵，说是可以尽力；他知道有一只船，藏在某地，可以招致。但到了晚上，他悄悄的来了，一头的大汗，劳倦得喘不过气来。那只船却不知在什么时候已被北军封去了。”

默默无言的相对着，失望的阴影爬上每个人的心头，每个人的心头都觉得有些凉冰冰的。

“只有这一个绝着了！”余元庆，一个真州人，瘦削多愁，极少开口，道：“我有一个很好的朋友，不见已久，前天忽然在街头遇见了，还同喝了一回酒，他告诉我，他现在北船里为头目。姑且和他商议看。事如可成，这是丞相如天之福；事不成，为他所泄，那末，我们便也同死无怨！”

“只有走这末一个绝着了。”杜浒道。

“我已决意不再北行了；不逃出这里．便死在这里！”天祥坚决的说道。“只是诸位的意思怎样？”

“愿随丞相同生同死！”金应宣誓似的叫道。

“我们也愿随丞相同生同死！”余元庆和其他八个人同声

说道。

他们是十二个。

“谁泄露此消息者，谁逃避不前者，愿受到最残酷的终局！”杜浒领导着宣誓说。

空气是紧张而又亲切，惶恐而又坚定。

十

余元庆在夕阳西下的时候，去访问他的旧相识吴渊，那位管那只北船的头目。吴渊热烈地欢迎他。

“难得您在这个时候光临。伙计，去打些酒来，买些什么下酒的菜蔬，我们得畅快的谈谈。”

“不必太费心了，只是说几句便走。”余元庆道。但也不拦阻伙计的出去。

“连年来很得意吧，吴哥。”余元庆从远处淡淡的说起。

吴渊叹了一口气：“不必提了，余哥；活着做亡国奴，做随了降将军而降伏的小卒，有什么意思！想不到鲍老爷那末轻轻易易的便开了城门迎降，牵累得我们都做了不忠不义之徒，臭名传万世！还不如战死了好！最难堪的是，得听鞑子们的叫叱。那批深目高鼻，满脸是毛的回回们更凶暴得可怕。他们也是亡国奴，可是把受到的鞑子们的气都泄在我们的身上。余哥，不瞒您说，您老是大忠臣文丞相的亲人，也不怕您泄漏什么，只要有恢复的机会，我是汤便汤里去，火便火里去，决无反悔！总比活着受罪好！我是受够了鞑子们回回们的气了！一刀一枪的拚个你死我活，好痛快！”

吴渊说得愤激，气冲冲的仿佛手里便执着一根丈八长矛，在跃跃欲试的要冲锋陷阵。他的眼眦都睁得要裂开，那样凶狠狠的威棱，是从心底发出的勇敢与郁愤！“可是咱们失去这为国效力的机会！”说时，犹深有遗憾。

余元庆知道他是一位同心的人，故意的叹口气，劝道：“如今是局势全非了；皇帝已经上表献地，且还颁下诏书，谕令天下州郡纳款投诚。我辈小人，徒有一身勇力，能干得什么事！只怕是做定了亡国奴了！”

吴渊愤懑的叫道：“余哥，话不是这么说！姓赵的皇帝投了降，难道我们中国人便都随他做了亡国奴！不，不，余哥，我的身虽在北，我的心永远是南向的。我委屈的姑和鞑子们周旋，只盼望有那末一天，有那末一个人，肯出来为国家尽力，替南人们争一口气，我就死也瞑目！”说到这里，他的目眶都红了，勉强忍住了泪，说下去：

“余哥，别人我也不说，像文丞相，难道便真的甘心自己送入虎口么？我看，一到了北廷，是决不会让他再归来的。”

余元庆再也忍不住了。热切的感情的捉住了吴渊的手掌，紧握不放，说道：

“吴哥，我们南人们得争一口气！我也再不能瞒住您不说了！文丞相却正是为此事苦心焦虑。他何尝愿意北去，他是被劫持着同走的。在途中，几次的要逃出，都不能如愿。如今是最好的一个逃脱的机会；这个机会一失，再北行便要希望断绝。我此来，正要和吴哥商量这事。难得吴哥有这忠肝义胆！吴哥，您还没有见到像文丞相那末忠贞和蔼的人呢，真是令人从之死而无怨。朝里的大臣们要个个都和他一样，国事何至糟到这个地步呢？还有相从的同伴们像杜架阁、金路分们也都是说一是一的好汉们，可以共患难，同死生的。吴哥，说句出于肺腑的话，要不，我为何肯舍弃了安乐的生涯而甘冒那末可怕的艰危与险厄呢？临来的时候，文丞相亲口对我说过：吴哥如果肯载渡他逃出了北军的掌握，他愿给吴哥以承宣使，并赐白银千两。”

“这算什么呢？救出了自己国里的一位大臣，难道还希冀什么官爵和赏金！快别提这话了。余哥，您还不明白我的心么？”他指着心胸，“我恨不剖出给您看！”

“不是那末说，吴哥，”余元庆说，“我不能不传达文丞相的话，丞相也只是尽他的一分心而已。丞相建得大功业，恢复得国家朝廷，我们相随的人，可得的岂仅此！且又何尝希冀这劳什子的官和财！我们死时，得做大宋鬼，得眠歇在一片清白的土地上，便已心满意足了。不过，丞相既是这末说，吴哥也何必固拒？”

吴渊道：“余哥呀，我们干吧，您且引我去看看丞相，我为祖国的人出力，便死也无怨！至于什么官赐，且不必提；提了倒见外，使我痛心！我不是那样的人！”

余元庆不敢再说下去。那位伙计恰才回来，手里提了一葫芦的酒，一包荷叶包着的食物，放在桌上。

“不喝了吧，余哥，咱们走！”吴渊道。

街上，巡哨的尖兵，提锣击柝，不断的走过。但吴渊有腰牌，得能通行无阻。

“好严厉的巡查！”余元庆吐舌说道。

“整街整巷的都是巡哨，三个人以上的结伴同行，便要受更严厉的盘查。”

余元庆心下暗地着急：“怎样能通过那些哨兵的防线而出走呢，即使有了船。”

“一起了更，巡哨们便都出来了；都是我们南人，只是头目是鞑子兵或色目兵。只有他们凶狠，自己人究竟好说话。我这里地理也不大熟悉，不知道有冷僻点的路可到江边的没有？”

“且先去踏路看。”余元庆道：“有了船，在江边，走不出哨线，也没有用处。”

他们转了几个弯，街头巷口，几乎没有一处无哨兵在盘查阻难的。

这把吴渊和余元庆难住了。他们站在一个较冷僻的所在，面对面的观望着，一毫办法也没有。

前面一所倾斜的茅屋里。隐约的露出了灯光。吴渊恍若有悟的，拉了余元庆的手便走：“住在这屋里的是一个老军校，他是一个地理鬼。镇江的全城的街巷曲折，都烂熟在他的心上。得向他探问。可是，他是一个醉鬼，穷得发了慌，可非钱不行。”

“那容易办。”余元庆道。

一个老妇出来开了门，那老头儿还在灯下独酌。见了吴渊，连忙站了起来，行了礼，短舌头的说道：“吴头目夜巡到这里，小老儿别无可敬，只有这酒。请暖暖冷气。”说时，便要去斟。吴渊连忙止住了他，拉他到门外，说道：“借一步说话。”

给门外的夜风一吹，这老头儿才有些清醒。吴渊问道：“你知道从鼓儿巷到江边，有冷僻的道儿没有？”

老头儿道：“除了我，问别人也不知。由鼓儿巷转了几个弯，——一时也说不清走哪几条小巷，——便是荒凉的所在。从此落荒东走，便可到江岸，可是得由我引道，别人不会认得。”

吴渊低声的说道：“这话你可不能对第二个人提，提了当心你的老命！我有一场小财运奉送给你。你得小心在意。明儿，也许后儿的夜晚，有几位客人们要从鼓儿巷到江边来，不想惊动人，要挑冷巷走，由你领路，到了江边，给你十两白银。你要是把这话说泄漏了，可得小心。你逃不出我的手掌心儿！”

老头儿带笑的说道：“小老儿不敢，小老儿不敢！”

他们约定了第二天下午再见面。

十一

那一夜把什么事都准备好了。吴渊去预备好船只，桅上挂着三盏红灯，一盏绿灯为号。第二天黄昏时便在船上等候，人一到齐，便开船。

杜浒和余元庆预备第二天一清早便再去约妥那领路的老头

儿，带便的先踏一踏路。

一切都有了把握。文天祥整夜的眼灼灼的巴望着天快亮，不能入睡。杜浒也兴奋得闭不上眼。少年的金应，没有什么顾虑，他头脑最单纯，也最乐观，一倒下头便酣睡，如雷的鼾声，均匀的一声声的响着。

邻家第一只早鸡的长啼，便惊动了杜浒；他一夜只是朦朦胧胧的憩息着。

天祥在大床上转侧着。

“丞相还不曾睡么？”杜浒轻声的说道。

“怎么能够睡得着。”

金应们的鼾声还在间歇而均匀的作响。鸡声又继续的高啼几响。较夜间还冷的早寒，使杜浒把薄被更裹紧了些。

但天祥已坐起在床。东方的天空刚有些鱼肚白，夜云还不曾散。但不一会儿，整个天空便都泛成了浅白色，而东方却为曙光所染红。

鸡啼得更热闹。

杜浒也起身来。余元庆被惊动，也跳了起来。

那整个的清晨，各忙着应做的事。

但瓜洲那边的北军大营，却派了人来说，限于正午以前渡江。脱逃的计划，几乎全盘为之推翻。

又有一个差官来传说，贾馀庆、刘岊们都已经渡江了。只有吴坚因身体不爽，还住在临河的一家客邸里，动弹不得。文天祥乘机便对差官说，他要和吴丞相在明天一早渡江。此时来不及，且不便走路。

那位狞恶的差官，王千户，勉强的答应了在第二天走；但便住在那家店里监护得寸步不离。

天祥暗地里着急非凡，只好虚与敷衍，曲意逢迎。在那永远不见笑容的丑恶的狠脸上，也微有一丝的喜色。杜浒更倾身的和他结纳，斥资买酒，终日痛饮。那店主人也加入哄闹着喝酒。到了傍晚，他们都沉醉了，王千户不顾一切的，伏在桌上便熟睡。店主人也归房憩息。

余元庆引路，和杜浒同去约那老头儿来，但那老头儿也已轰饮大醉，舌根儿有些短，说话都不清楚，杜浒十分的着急，勉强的拉了他走。那老妇人看情形可疑，便叨叨絮絮的发话道："鬼鬼祟祟的图谋着什么事！我知道你们的根柢，不要牵累到我们的老头儿。你们再不走，我便要到哨所去告发了！"

想不到的恐吓与阻碍。杜浒连忙从身边取出一块银子，也不计多少，塞在那老妇人的手上，说道："没有什么要紧的事，请你放心。我们说几句话便回的。这银子是昨天吴头目答应了给他的，你先收了下来。”

白灿灿的银光收敛了那老妇人的凶焰。

老头儿到了鼓儿巷，大家用浓茶灌他几大碗，他方才有些清醒。

“现在便走了么？”杜浒道。

“且慢着，要等到深夜，这巷口有一棚鞑子兵驻扎着，要等他们熟睡了方可走动。出了这巷口，便都是僻冷的小弄，不会逢到巡哨的了。”老头子说道。

王千户还伏在桌上熟睡，发着吼吼的鼾声，牛鸣似的。

谁都不敢去惊动他。他一醒，大事便去，连他的一转侧，一伸足，都要令人吓得一跳。二十多只眼光都凝注在他身上。

一刻如一年的挨过去！听着打二更，打三更。个个人的心头都打鼓似的在动荡，惶惑的提心吊胆着。

“该是走的时候了。”老头儿轻声道，站了起来，在前引路。杜浒小心在意的把街门开了，十几个人鱼贯而出。天上布满了白云，只有几粒星光。不敢点灯笼，只得摸索而前，盲人似的。

街上是死寂的沉静，连狗吠之声也没有。他们放轻了足步，偷儿般的，心肝仿佛便提悬在口里。蓬蓬的心脏的鼓动声，个个人自己都听得见。

老头儿回转头来，摇摇手。这是巷口了。一所破屋在路旁站着，敞开着大门，仿佛张大了嘴要吞下过客。门内纵纵横横的睡着二十多个鞑子兵。鼾声如雷的响，在这深夜里，在逃亡者听来，更觉得可怖。

在屋前，却又纵纵横横的系住十多匹悍恶的坐马，明显的是为了挡路用的。一行人走近了，马群便扰动起来，鼻子里嘶嘶的喷吐着气，铁蹄不住的踏地，声音怪响的。

一行人都觉得灵魂儿已经飘飘荡荡的飞在上空，身无所主，只有默祷着天神的护佑。他们进退两难的站在这纵横挡道的马匹之前，没有办法。

亏得余元庆是调驯马匹的惯手，金应也懂得这一行。他们俩战战兢兢的先去驯服那十多匹的悍马，一匹匹的牵过一旁，让出一条大路来，惊累得一头的冷汗，费了两刻以上的时间，方才完事。

他们过了这一关，仿佛死里逃生，简直比鬼门关还难闯。没有一个人不是遍体的冷汗湿衣。文丞相轻轻的喟了一口气。

罗刹盈庭夜色寒，人家灯火半阑珊；
梦回跳出铁门限，世上一重人鬼关！

十二

更生似的，他们登上了船板。立刻便开船。吴渊掌着舵，还指挥着水手们摇橹。

咿咿哑哑的橹声，在深夜里传出，更显得清晰。长江的水，迎着船头，拍拍的作响，有韵律似的。

船里没有点灯，黑漆漆的伸手不见五指。他们是十二个，沉默的紧挤的坐着，不知彼此心里在想什么。

他们并不曾松过一口气，紧张的局面俨然的还存在着。江岸两边，北军的船只织梭似的停泊着，连绵数十里不断。鸣梆唱更，戒备极严。吴渊那只船，就从这些敌船边经过，战兢兢的惟恐有什么人来盘问。

想要加速度的闯出这关口，船摇得却像格外的慢。好久好久，还不曾越出那些北船的前面。

到了七里江，北船渐渐稀少了。后面是一片的灯光，映在江上，红辣辣的；嘈杂的人声似梦语似的隐约的掷过来。

前面是空阔的大江，冷落孤寂，悄无片帆。很远的所在，有一二星红光在间歇的闪烁，大约是渔火吧。

江水墨似的黑，天空是闷沉沉的，一点清朗之意都没有。那只船如盲人似的在这深夜里向前直闯；没有灯光，也没有桅火。假如没有竹篙的击水声，没有橹桨的咿咿声，便像是一只无人的空艇。

后方的人声已经听不见，血红的热闹的火光，变成了一长条一长条的红影子，映在水上，怪凄凉的。

杜浒长长的吐了一口气，刚要开口说话，却听得江上黑漆漆的一个角隅，发出声吆喝：

“是什么船只，在这夜里走动？”

惊得船上的人们都像急奔的逃难者，一足踏空在林边的陷阱上一样，心旌飘飘荡荡的，不知置身于何所。

船梢上吴渊答道：“是河鲀船。”

“停止！”那在黑暗里截阻来往船只的巡船的人叫道。

吴渊和水手们手忙足乱的加劲的摇，想逃出这无幸的不意的难关。

巡船上有一个人大叫道：“是歹船！快截住它！”

仿佛有解缆取篙的声音。巡船在向吴渊的那只船移动来。吴渊明白，北人所谓“歹船”，便是称奸细或暗探的船只之意，被截住，必定是无幸的。

船上的人们如待决的死囚似的，默不出声，紧紧的挤在一处。文丞相在摸取他袖中的小匕首。如被获了，他不入水则必以此小匕首自刭。

他们那些人冷汗像细珠似的不断的渗透出皮肤之外来。

吴渊的手掌上也黏滑得像涂过油膏。

连呼吸都困难异常。

但巡船终于没有来。这时江水因退潮落得很低，巡船搁浅在泥滩上，急切的下不了水，便也不来追。

江风像呼啸似的在吹过，水面动荡得渐渐厉害起来，白色的浪沫，跳跃得很高。

吴渊道："起风了，快扯上大篷。"

船很快的向前疾驶，不假一毫的人力，水浪激怒的在和船底相冲击。

"大约，像这样的顺风，不到天亮，便可以达到真州城下了。真是亏得江河田相公的护佑！"

大家都方才松了那口气。

船由大江转入淮河，风却静了下来。船仿佛走得极慢，水手们出全力仍摇桨撑篙，有时还上岸几个人，急速的拽缆向前。但心里愈着急，仿佛这船移动得愈慢。天色渐亮，金应、余元庆们都已酣酣地入睡，鼾声彼此相应。文天祥却仍是双眼灼灼，一毫睡意也没有。

他怕北船从后面追蹑而来，又怕北兵有哨骑在淮岸上，恨不得一篙便到真州城下，始终是提心吊胆的。

远远地在晨光里望见了真州的蜿蜒的城墙。城中央的一座高塔，也可看得到。玫瑰色的曙光正从东方照射在塔顶上。万物仿佛都有了生气。

随从们陆续的从睡里醒来，匆匆的在收拾包裹。

天祥的心里，也像得着太阳光似的，苏生了过来。

但这船不能停泊在城下；潮水正落，船撑不进内河，只好停在五里头。大家起岸，向城走去。城外荒凉得可怕。没有一家茅舍；四望无际，半个人影儿都没有。这一队人，匆匆的急速向城门走去。走的时候，还频频回头，只怕不意的有追骑赶上来，他们成了惊弓之鸟。

吴渊没有同来，他留在船上，要候潮水把船撑到城边来。

但终于不再见到他。听说那一天的正午，有北军的哨马到了五里头。这位忠肝义胆的壮士，其运命是不难知的！

十三

他们是十二个。到了真州城下，恰恰开了一扇城门。放百姓们出来打樵汲水。百姓们都惊怪的围上了他们，东盘西问的。守城的将士们也皆出来了。

杜浒向他们说道："是文丞相在镇江北营里走脱，径来投奔。请哪位到城里去报告太守一声。"

金应叹着气，说道："一路上好不容易脱险！"

一个小头目说道："请丞相和诸位先进了城门。"同时吩咐一个兵卒，立刻去通知苗太守。

天祥和随从们都进了城。城墙并不高，街道也很窄小。行人却拥拥挤挤的，都是乡间逃难来的。商店都半掩上了门，也有完全闭却了的。是兵荒马乱的时候的景象！那位小头目引导着他们向太守衙署走去。

在中途，太守苗再成也正率领了将官们来迎接。他是认识文丞相的，当丞相统兵守平江府时，他曾因军事谒见过几次。

苗太守要行大礼，但天祥把他扶住了。亲切的紧握住了他的手，一时说不出话来，只是不由自主的哀号不已。苗太守也哭了起来。道旁的观者们，也有掩面落泪的。

"想不到今生得再见中国衣冠！真是重睹天日！"良久，天祥感慨的说道，泪丝还挂在眼眶边上。

观者夹道如堵，连路都被塞住了。

"京城已失，两淮战守俱困。丞相此来，如天之福。真州可以有主宰了！虏情，丞相自了如指掌。愿从麾下，同赴国仇！"苗太守婉婉的说道，一边吩咐侍从们在人群里辟出一条路来，让丞相走过。

到了州衙里，苗再成匆匆忙忙的收拾出清边堂，请文丞相暂住。便在堂上设宴款待丞相和同来的人们，诸重要将佐和幕客们也都列席。

在宴席上，苗再成慷慨激昂的陈说天下大事；与宴的，个个人说起蒙古人来，无一不有不共戴天，愿与一拚的悲愤。

“两淮的兵力是足以牵制北军的。士气也可以用。他们本不敢正眼儿一窥两淮。只可惜两淮的大将们薄有嫌隙，各固其圉，不能协力合作。天使丞相至此，来通两淮脉络。李公、夏老以至朱涣、姜才、蒙亨诸将，必能弃前嫌而效力于丞相麾下的。某的一支兵，愿听丞相指使。”苗再成出于至诚的说道。

“这是天使中国恢复的机会！有什么可使两淮诸将合作的途径，我都愿意尽力。现在不是闹意气的私斗的时候！合力抗敌，犹恐不及，岂能自相分裂！这事，我必以全力赴之。夏老某虽不识其人，想无不可以大义动的。李公曾有数面，必能信某不疑。”天祥说道。

“虏兵全集中于浙中；两淮之兵，突出不意，从江岸截之，可获全胜。”再成说道。

“浙东闻有陈丞相主持军事，二王亦在彼，天下义士们皆赴之；闻两淮报，必能出兵追击。虏帅可生致也！”天祥说道。

他们热烈的忠诚的在划策天下事，前途似有无限的光明。幕客们和部将们皆喜跃。大家都以为中兴是有望的，只是不测李、夏诸人的心意。

“有丞相主持一切。李、夏二公必会弃嫌台作无疑。”一个瘦削的幕客说道。

“但得先致札给他们，约定出兵的路径和计划，”再成道，“就请丞相作书致夏老、李公和诸郡，再成当以复帖副之。不出数日，必见分晓。”

就在清边堂上，忙忙碌碌的磨墨折纸，从事于书札写帖。天祥高高兴兴的手不停挥的把所有的札帖，一封封的写毕；忠义之怀，直透出于纸背；写得是那末恳切，那末周至，那末沉痛，那末明白晓畅，就是骄兵悍将读之，也将为之感泣。

苗再成也追随着忙碌的在写复帖。全堂上只听见簌簌的笔尖触纸的急促细碎的响声；间以隆隆的磨墨的动作。

谁都没有敢交谈。然而空气是热烈而亲切，光明而紧张。一个恢复中原的大计划的轮廓，就摆放在大众之前；他们仿佛便已看见鞑子兵的狼狈败退，汉族大军的追奔逐北。

杜浒的眼光．不离的凝望在文丞相的身上；他那不高不矮的身材，蔼然可亲的清秀的面部，一腔的热血赤诚，在杜浒看来，是那末样的伟大可爱！他望着丞相的侧面。丞相坐在一把太师椅上，手不停挥的在写，热血仿佛便随了笔尖而涌出。虽焦虑用力，但兴奋异常。未之前见的高兴与舒畅。

“也不枉了丞相冒万死的这趟逃出。”杜浒在心底自语道；他也感到充分的快适，像初冬在庭前曝于黄澄可爱的太阳光里一祥，光明而无所窒碍。

十四

天天在等待着诸郡的复札。策划与壮谈，消磨了清边堂上的时间。文天祥和他的随从们，这几天来，都已充分的恢复了健全，把几天前脱逃的千辛万苦，几乎都忘记干净。只是余元庆，那个瘦削多愁的本地人，却终日在想念着他的朋友吴渊。也曾托几个人到五里头去打听捎息，连船都不见。他是遭难无疑。想起了便心痛，却不敢向文丞相提起，怕他也难过。

到了第三天，苗再成绝早的便派人来请丞相，说早食后看城子。天祥很高兴的答应了。

过了一会，一位偏将陆都统来请丞相上小西门城上闲看，杜浒们也都跟随了去。

城是不高，却修建得很坚固；城濠也深，濠水绿得可爱。岸边还拖挂着些未融化尽的碎冰块。微风吹水，粼粼作波，饶有春意。郊原上野草也都有绿态，在一片枯黄里，渐钻出嫩绿的苗头来。只是没有树，没有人家。一望无际的荒原。远处，有几个池塘，映在初阳下，闪耀有光。这怕是可怜的春日孤城的唯一点缀。

天祥觉得胸次很光明，很舒畅，未之前有的放怀无虑。春晨的太阳光，那末晶洁，和暖的晒在他身上。冬衣有些穿不住。春风一阵阵吹拂过城头，如亲切的友人似的在抚摸他的面颊和头发。

但又有一个王都统上了城头，说道：“且出到城外闲看。”

他们都下了城，迤逦的走出城外。

“扬州或别的地方有复札来了么？”丞相问道。

“不曾听见说有。”王都统说道，但神气有些诡秘。

良久，没有什么话，天祥正待转身，王都统突然的说道：“扬州捉住了一个奸细，他说是逃脱回来的人，供得丞相不好。他在北中听见，有一丞相，差往真州赚城。李公有急帖来，这样说。”

如一个青天的霹雳，当头打得天祥闷绝无言。杜浒、金应立刻跳了起来：“这造谣的恶徒！”几乎要捉住王都统出气。

余元庆叹惋道："总不外乎北人的反间计。"

来不及天祥的仔细的问，陆和王已经很快的进了城。小西门也很快的闭上了。

被关在城外，彷徨无措，不知道怎么办好。天祥只是仰天叹息，说不出半句话来。

金应对天哀叫道："难道会有人相信丞相是给北人用的么？"

杜浒的精悍的脸上，因悲愤而变苍白无人色，他一句话都没有，也无暇去安慰丞相。他不知道自己置身在什么地方，他不曾有过比这更可痛的伤心与绝望。

这打击实在太大了。

他们是十二个。彷徨，徘徊于真州城下，不能进，也不能退。比陷在北虏里更可惨。如今他们是被摈绝于国人！"连北虏都敬仰丞相的忠义，难道淮人偏不信他吗！"金应顿足道。

余元庆的永久紧蹙着的眉头，几条肉纹更深刻的凹入。杜浒如狂人似的，咬得牙齿杀啦杀啦的响。他来回的乱走着，完全失了常态。

"我不难以一死自明。"丞相梦呓似的自语道。

杜浒不说半句话，两眼发直。

突然的，他直奔到城濠边，纵身往濠水里便跳。

金应们飞奔的赶去救。余元庆拉住了他的衣，及时的阻止了他的自杀。

他只是喘着气，不说什么。大家忘记了一切，只是围住了他，嘈杂的安慰着。过了一会，他哇的一声，大哭起来。极端的悲愤，摧心裂肝的伤戚的倾吐！

谁都劝不了他。金应也呜咽的坐在地上，这是他少有的态度。文丞相挂着两行清泪，紧握住杜架阁的手，相对号啕。

荒原上的哭声，壮士们的啜泣，死以上的痛心！这人间，仿佛便成了绝望的黑暗的地狱。太阳光也变得昏黄而凄惨。

城头上半个人影也没有出现。

过度的打击与伤心——有比被怀疑、被摈弃于国人的烈士们更可痛心的事么？——使得他们摇动了自信，灰心于前途的恢复的运命。

颓丧与自伤，代替了悲愤与忠勇。他们甚至怀疑到中国人有无复兴的能力。怀疑与猜忌，难道竟已成了他们不可救药的根性了么？

敌人们便利用了这，而实行分化与逐个击破的不战而胜的政策。

良久，良久，究竟是文丞相素有涵养，首先挣扎着镇定了下来。“我不难一死以自明，”他又自语道。“但难道竟这样的牺牲了么？不，不！这打击虽重，我还经得起，杜架阁，”他对杜浒道，“我们应该自振！危急的国家在呼唤我们！这打击不能使我们完全灰了心！我们该怜恤他们的无知与愚昧！但该切齿的还是敌人们的奸狡的反间！我们该和真正的敌人们拚！一天有生命在着，一天便去拼！我们不是还健全无恙么！来，杜架阁，不必再伤心了。敌人们逼迫得愈紧，我们的勇气应该愈大！诸位，都来，我们且商量个办法，不要徒自颓唐丧志。”天祥恢复了勇气，这样侃侃的说。

杜浒还是垂头懊丧着；但那一场痛哭，也半泄去了他的满腔的怨愤。

“只是，这一场伤心事，太可怕了！我宁愿被掳，被杀于敌人们手里，却不愿为国人所摈弃，所怀疑！”杜浒叹息道。

“我们准备着要遇到更艰苦的什么呢。这场打击，虽使我太伤心，但不能使我绝望不前！”天祥道。

他的镇定与自信，给予杜浒们以更挣扎着向前的最后的勇气。

秦庭痛哭血成川，翻讶中原背可鞭。

南北共知忠义苦，平生只少两淮缘！

十五

在悲愤忙乱间，不觉到了晌午。他们还没有想到向哪里去。

太阳光逐渐的强烈起来，晒得他们有些发燥。一片的荒原，没有一株绿树。从早食后，还不曾吃过什么。个个人腹里的饥虫开始有些蠢动，可是连热水都无从得到。

“取最近的一条路，还是向扬州去吧！李庭芝是认识的，见了面，剖析明白，也许误会便可销息。”天祥道。

“扬州是万不可去。说不定，不分皂白的便被当作了奸细。”杜浒说道，他的心还在作痛，怨恨淮将们入骨！

金应饿得有些发慘，他早上吃得太少，急于要随同出来看城子。“就是到扬州去吧。”他道，“死在自已人手里，总比死在鞑子刀下好些。徘徊在这旷原上，总不是一回事。”

“扬州万不可去。”杜浒坚决的说道。

徘徊，彷徨；逐渐向东倒的人影映在荒原上，也显得踌躇仓皇的样子。

小西门开了。金应喜得跳起来，还以为是再迎他们入城。但杜浒却在准备着最后的一着，以为有什么不测。

两个骑士从城里跑了出来，城门随又闭上了。这两骑士到了文丞相面前，并不下马，说是义兵头目张路分和徐路分，奉命来送，“看相公去哪里？”

天祥道：“没有办法，只好去扬州，见李相公。”

张路分道：“奉苗安抚命，说相公不可到扬州去。还是向他处去好。”

“淮西为绝境，三面是敌。且夏老未见过面；只好听命于天，向扬州去。”天祥道。

二路分道：“走着再说。”

茫然的跟随了他们走。城门又开了，有五十人腰剑负弓，来随二路分。他们带了天祥们的衣被包袱来还。行色稍稍的壮旺。但那二路分意似不可测。

余元庆悄悄的向杜浒道：“这一带的路径我还熟悉，刚才走的是向淮西的路，不是到扬州去。且站住了问问看。”

二路分却也便站住了。真州城还蜿蜒的在望。城里的塔，浴在午后的太阳光里，也还挺丽可爱。但天祥的心绪和来时却截然的不同，还带着沉重的被摈斥的悲愤。

那五十名兵拥围住了天祥。二路分请天祥，说是有事商量，请前走几步。杜浒、金应紧跟在天祥身旁，恐有什么不测。

走了几步，他们立在路旁谈。

张路分道：“苗安抚是很倾心于相公的；但李相公却信了逃人的话，遣人要安抚杀了丞相。安抚不忍加害，所以差我们来送行。现在到底向哪里去呢？”

天祥道：“只是向扬州，也没有别的地方可去。”

“扬州要杀丞相怎样办尼？且莫送入虎口。”

“不。莫管我，且听命由天。”

“但安抚是要我们送丞相到淮西。”

“不，只要见李相公一面。他要信我，还可出兵，以图恢复；如不信我，便由扬州向通州路，道海向永嘉去。”

张路分道：“不如且在近便山寨里少避。李相公是决然不会容丞相的。”

“做什么！合煞活则活，死则死，决于扬州城下！”

张路分道：“安抚已经预备好一只船在岸下，丞相且从江行。扬州不必去。归南归北都可以。”

李路分只是不开口，恶狠狠的手执着剑把，目注在文丞相身上，仿佛便要拔剑出鞘。金应也在准备着什么。

但天祥好像茫然不觉的；听了张路分的话，却大惊。

“这是什么话！难道苗太守也疑心我！且任天祥死于扬州城下，决不往他处！”

二路分见天祥那末样的坚定与忠贞，渐渐的变了态度。李路分道："说了实话吧：安抚也在疑丞相；他实是差我们见机行事的。但我们见丞相一个恁么人，口口是大忠臣，如何敢杀相公！既是真个去扬州，我们便送去。"

金应对杜浒吐了吐舌头，但他们相信，危险已过，便无戒备的向前走去。他们走上向扬州的大道。

张路分又和丞相说起，丞相走后，真州贴出了安民榜，说是文相公已从小西门外，押出州界去讫。

天祥听了这话，只有仰天浩叹，心肚里分别不出是苦、辣、酸、甜。

天色渐渐黑了下来。暮霭朦胧的笼罩了四野。四无居民，偶遇有破瓦颓垣，焦枯的柱子还矗立在砖墙里，表现出兵火的余威。

他们肚子里饿得只咕咕的响叫，金应实在忍不住了，便向小兵们求分他们携来的干粮。

二路分索性命令他们，把干粮分些给杜浒们同吃；也把他们自己所带的，献上一份给文丞相。

随走随食，不敢停留一刻。张路分道："经过的都是北境；鞑子兵的哨骑，常在这一带巡逻，得小心戒备。"谁都寂寂的不敢说话。

远远的所在，灯火如星光似的一粒粒的现出。张路分指点道："这一边是瓜洲，鞑子兵的大营盘在那里呢。"走了一会，又道："那边的一带灯光，便是扬子桥，鞑子兵也防守得很严。"

仿佛听得刁斗的声音，在荒野莽原听来，一声声远远的梆子响，格外凄厉得可怕。

到了二更，离扬州还有二十多里路。二路分却要赶在天明以前回真州城，便告了辞。

他们仍是十二个，在旷野中踯躅着。夜已深，无垠的星空，大圜帐似的罩在大地之上。他们是那样的渺小，在这孤寂的天与地间行走着。

余元庆在前引着路。他久住在扬州，附近一带的道路，比他本乡的真州还要熟悉。

一天的行路．疲倦得要软瘫下来。好容易见到扬州城。两足是拖着走似的，到了西门。城门早已闭上了，等候天明进城的人很多，狼藉的枕卧在地上。左近有三十郎庙，经过兵火，只存墙阶，他们都入庙，躺在地上憩息着。

城头上正打三更。风渐渐的大起来，冷得发抖。金应从衣包里取出棉衣来给文丞相披上。新月早已西下，阶上有冷湿的霜或露。金应们凄凄楚楚的互相依靠着取暖。

他们悄寂的各在默想什么，并不交谈。

不知时间是怎样爬过，城头上又已在打四更。城下候门的人们已有蠢蠢的起身的。城头上也有人在问话，盘诘得极严。杜浒且去杂在他们中间。据说，见得眼生和口声不对的，便当奸细捉了。必须说出城里的住址与姓名来，方得入城。

他回到三十郎庙，对文丞相道："看情形，扬州是进不去，何必入虎口呢！两淮军决无可作为！李庭芝既有急帖到真州要杀丞相，必无好意可知。即使无恙，说服了他，也决不会有什么了不得的作为的，绝对的犯不着牺牲于此。"

天祥的心有点开始动摇。"那末，怎么办好呢？"

"还是趁早的直趋高邮，到通州渡海，归江南。看二主，别求报国之道。"

金直道："这里到通州，有五六百里路呢；一路上都是北军的哨骑，怎么通得过呢？不如死在扬州城下，也胜似死在鞑子手里，何况未必见杀呢！"

杜浒道："你不要忘记了我们是刚从鞑子们掌握中逃脱出来的，在那末严重的守卫之下，我们都能脱出，何况如今呢！虽为路五六百里，决无他虑，只要小心。"

余元庆深思的说道："此地到高邮，有一条僻径，我是认得的。不过要走过许多乱山小路。鞑子们不会知道这些小山路的，想不会遇哨。”

杜浒道：“况且我们脱出时，原不曾想在两淮立足，本意不是要南趋永嘉。以图大计么？何必又中途变计！丞相以一身系国家安危，必须自重，万不可错走一步。还有，我们的兵士们也还在婺、处等候着我们呢！”

天祥立刻从地上跳了起来：“不错，我见不及此！几乎又走错了一步。那李庭芝，胆小如鼠，决不能有为，我是知道他的；就是肯合作，也不会成功。我们走吧！向海走去！我们的兵士们在等候着！”

本是疲倦极了的，如今却又要重上征途了。为了有了新的希望，精神重复抖擞着，离开扬州城，斜欹的走去。

十六

整整的走了一天，都是羊肠小道，有时简直没有路迹可循。那一带没有山居的人，也没有茅舍小庙，有银子买不到东西充饥。大家饿了一天。金应那小伙子，饥饿得要叫唤起来，但忍住了千万的怨恨，不说什么。

天祥走得喘不过气来。扶在余元庆的身上，勉强的前进。有几次，实在走不动，便像倒了似的，坐在荒草上，一时起不来。休息了好一会，方才再得移动。

到了一个山谷里。夜色不知什么时候已经爬在天上，镰刀似的新月纤秀的挂在东方。

“过了这山谷，便近高邮了，是一条大道。只怕山顶上有哨兵。我们得格外小心。别开口，足步走得轻些，最好躲在岩边树隙里走。”余元庆悄声的说道。

“前面是桂公塘，有个土围，我认得。原是一个大牛栏，如今栏内大约不会有牛匹了。到那里憩息一夜，养好了足力，绝早便走。除此可隐蔽的以外，四望都是空旷之所，万不能住下。有几户山民，不知还住在屋里否？但我们万不可去叩门，鞑子兵也许会隐藏在那里。”余元庆又道，在这条路上，他是一个向导，一个统帅，他的话几乎便是命令。

他们暂时占领了这土围。金应们不一会便都睡着了；只有天祥和杜浒是警醒着。风露渐凉起来，只有加厚衣在身，紧紧的裹住。夜天的星光，彼此在熠熠的守望着，正像他们的不睡。

新月已经西沉，乌云又已被风所驱走。繁星的夜天，依然是说不出的凄美动人。

文丞相和杜浒都仰头向天，好久好久的不言不动。

仿佛已经过了三更天的光景。山道上，远远的传来嘈嘈杂杂的马蹄声。

杜浒警觉的站了起来："不是马蹄声么？"

"这时候难道有哨骑出来？"

"不止数十百骑，那声响是嘈杂而宏大。"

余元庆也被惊醒过来。"是什么声响？"

"决然是马队走过。马蹄踏在山道上的声响，仿佛更近了些。但愿不经过这土围！"

余元庆凄然的说道："只有这一条大道！"

杜浒有些心肺荡动，"这一次是要遭到最后的劫运了！"他自己想道。

骑兵队愈走愈近。宏大而急速的马的蹄声，听得很清晰。金应们也都醒了来，面面相觑，个个人都惊吓得没有人色。

上下排的牙齿，似在相战；膝头盖也有些软瘫而抖动。他们是。只有天祥和杜浒还镇定。

天祥又探握着他的小匕首，预备在袖口里。

马蹄声近了，更近了；嘶嘶叱叱的马匹的喷气声也听得到。马上的骑士们的偶发的简语，也明晰可闻。大家都站了起来，以背负土墙而立，仿佛想要钻陷入墙隙里一样。

就在土墙外面走过。一骑，二骑……数十数百骑，陆续的过去。仿佛就在面前经过，只隔了一座墙。土墙有些震撼，足下的地，也似应和着外面的马蹄的践踏而响动着。

总有两刻钟还没有走完。

难堪的恐怖的时间！

"这土围里是什么呢？"明白的听见一个骑兵在说。

"下马去探探看吧！"另一个说。

"这一次是完结了！"杜浒绝望的在心底叫道，全身血液似都冷结住了。

"没有什么，臭得很。快过去吧，左右不过是马栏、牛栏。"又一个说。马蹄得得，很快的过去了。

总有三千骑走过。骑兵们腰上挂的箭筒，喀嗦喀嗦的作响；连这也历落的传人土围之内的他们的耳中。

当最后的一骑走过了时，人人都自贺更生。

马蹄声又渐远渐逝了，山间寂寂如恒。

不知从哪里，随风透过来一声鸡啼。

天色有些泛白，星光暗淡了下来。彼此的手脸都有些辨得出。

"趁这五更天，我们走吧。"余元庆道。

有的人腿足还是软软的。

闯过了山口，幸没遇见哨兵。

山底下是一片大平原，稻田里刚插下秧苗，新碧得可爱。

太阳从东方升起。和蔼的金光正迎面射在他们的身上脸上。有一股新的活力输入肢体。

山背后还是黝黑的，但前面是一片的金光。

英雄未肯死前休，风起云飞不自由！

杀我混同江外去，岂无曹翰守幽州！

——文天祥：《纪事》

风涛

身名到此悲张俭，时势于今笑孔融。

却怪登车揽辔者，为予洒泪问苍穹！

——李应升：《邹县道中口占》

一

李应升被罢归，胸襟倒为之一舒。他为国家，为正义，为朋友，已经尽了他应尽的力量。可惜他的力量太薄弱，于事毕竟无补。

朝廷上各要人竞树党羽，互相攻讦。什么宣党、昆党，闹得他头晕耳胀。他素来是没有什么党的。他只知道尽责办事。他实在看不惯那些以睚眦之怨，互相攻讦、报复，像群蛆似的在污池里翻腾爬动，像苍蝇似的在腐烂的食物堆营营飞聚，争咀“龌龊”以为生。

他和高攀龙、黄尊素、魏大中都是道义之交，言不及私。他年龄最轻，难免少年气盛。叶向高再度入相，好像政局趋向清明。但时势实已日非。向高虽然负天下重望，然颇依违两可，少有决断。他的政权，渐渐的不知不觉间移转于魏忠贤和其党徒的手上。忠贤勾结着乳母客氏，利用着天启帝的懦弱无知，以东厂的秘密组织的缇骑为主力，以外廷的许多无耻的政客、官僚们为爪牙，渐渐的布置成了一个政权的中心。

李应升看出了这政治上的危机。他踌躇了好许多时候。“要为国出力，这正是时机了！”他自语道。

黄尊素比较的老谋深算；他觉得应该慎重考虑，打蛇不死，必将为其反噬。

有一天，在六月的炎暑里，应升到了尊素的家里闲谈着。他对尊素道：“这危机竟让它日益扩大么？阉人之祸，我朝为烈。刘瑾、王振皆是前车之鉴。必得有一个清君侧的办法。”

尊素道：“逆贤和客氏勾结至固，撼动更为不易。以我侪外臣之力，如何达到内里？”

“难道竟听任阉逆的淆乱朝纲么？”应升毅然的正色的说道。

尊素道：“要择大题目，要择最恰当的时机，才能一击而中，没有后患。”

应升道：“这时机什么时候才会到来呢？难道听任他们的布置么？等候他们布置好了周密的四面网，到那时候我们再发动，也已嫌迟了！”他说时，有些愤愤。“何况为国者不顾家。我们既然以身许国，难道还怕什么危险！”

他从靴统里取出一个弹章来，说道：“我已预备在此了，凡十六款。请过目一下，加以指正。”

尊素默默不语，拿起弹章在读。

魏大中满脸红光的冲了进来，几乎是在奔跑，汗水淋了一身一头。

“竟为他所先！竟为他所先！毕竟大洪[①]是个有担当的好男儿！”他喝彩似的说，几乎是在叫嚷！

空气突然的紧张。炎暑更显得威力巨大。猛烈的太阳光灼得阶旁几株梧桐树的碧叶低了头在喘气。只有蝉儿们，高兴的在促促的高鸣着。

一瞬间的沉寂。

“什么！大洪做了什么大事？”尊素问道。

“大洪上疏诉魏逆二十四大罪了！我刚才见过他的疏

---

① 大洪为杨涟的号。

文，激切忠恳之至！必可感动君心！”大中道。

“好男儿！好男儿！竟为他所先！”应升道，“我正和白安[1]在商议着，要上疏弹劾他。”随将尊素放下在红木大书桌上的疏稿交给大中看。

大中默默的在读着疏稿。尊素低头在沉人深思里。

“好！说得痛快！”大中读完了拍桌道，“可惜竟为大洪所先！”

尊素舒缓的镇静的说道：“大洪这疏既上，正面冲突便开始爆发了。一不中，我侪无噍类矣！但事已至此，我侪必须以全力为大洪应援！这正是一个生死搏斗的时候！我侪必须有一个布置与一些准备。”

应升道：“那末我们便应设法进行。”

“叶相那一面必须要有很好的联络；他绝对不能退后一步。他必须站在我们这一边。他一退让，大局便要全非了。他的威望还足以阻止着逆贤的诡谋与阴毒。”尊素道。

“但他是一位过于持重的保守的人物。能否和我们站在一起，大是问题。”大中道。

---

① 白安为黄尊素的号。

“谁有把握可以去说动他呢？”应升道。

大中道：“我可以去探探他的意见。”

“同时，我们要联络各方面，大规模的发动起来，各自上疏，痛陈客、魏之恶。”尊素道。

“这一层倒不难，”应升道，“我这疏明天便上去。诸公继之。疏一多，或足以挽回君心。”

大中站起身来说道：“那末，我就到叶相府上去。有什么结果，明天我们见面时再谈。”

尊素送了大中回来，对应升道：“叶相的性格我素来是知道的。他过于谨慎小心，老不肯有坚持的主张，更怕得罪了阉人。他一向是以退为进；最不敢有什么特立独行的表白。谦退是他的美德，也是他的缺点。恐怕难得有什么好结果。”

应升叹了一口气道：“像这样才会做宰相！还不是应着‘不痴不聋不作阿家翁’的一句话。”

“不过，他如果不支持我们，我们便要走上很可怕的危途窄径了。”尊素道。

“要他坚决的支持着我们，恐怕不容易做得到。要他在君前力争更是不易逢的奇迹。最好的结果是他站立在那里，不向后退走，暗里头在作我们的应援。”应升道。

“但恐怕连这一层也难得办到。”尊素道。

二人黯然的相对无言。狂风突然的虎虎的吹来，黑云弥漫了天空。梧桐树的枝叶被震撼得像要拗折下来。鸣蝉顿然无声。暴风雨将要来。

二

政局果然大变。叶向高怕牵连到他，又怕清议的指摘，闭起门来，什么客都不见，接连的上疏辞职。他想洁身而退，不愿陷人政争的漩涡里。他知道政治形势的险恶，阉党的布置已成，大政变恐怕不能避免。内廷里和他通声气的阉人，曾经私自告诉过他，有人曾经把王绍徽写的《东林点将录》交给了魏忠贤，并且指点给忠贤道："这一百八人都是要杀祖爷的。"忠贤切齿，急欲下手。向高生怕在他执政的时候闯出这样大祸，天下后世将以他为如何人。因此，他急急的要想辞职。他上了三十三次的辞疏，天启帝方才批准。

应升、大中们知道向高坚决的求去，心里都很着急，但也想看看帝心是否还尊重向高，坚决的不批准他的辞职；如果向高还得帝的尊重，那末大事还不会怎么败坏。不料，他的辞疏毕竟被批准。

大中得到了这个消息便奔到应升家里来商议。

"大事去矣！"他说道："叶相已得旨准予告退。恐怕要有大变。我侪不能不善为之计。"

应升默默不言。

"君子道消，我辈只有待命而已。"他似乎下了决心似的坚毅的说道。

"果然打蛇不死！奈何，奈何！"大中道。

应升道："还有什么别的路可走呢？只有一条路，向前搏击。看阉党敢于使出什么毒计来。"

大中像独白似的朗诵道："夫鸷鸟之搏击也，一不中，则飘然远逝矣。"

应升道："我侪其能像鸷鸟似的远逝么？"

大中默然。

太阳光晒在窗上，把卍字型的窗格子印打在靠墙放着的大书橱上。几上的一棵小盆松，苍翠倔强，若独与酷暑在斗傲。

"还是找白安去商议对策吧。"大中良久才说道。

"只有丹心报明主，"应升激切的说道。

"难道我侪竟听任阉党的布排么？"

"还有什么可商议的？内廷的消息我们可以得到一点么？执政的大僚们，除了叶相外，我们可更有什么仗义执言，足阻奸谋的友好吗？我们有除邪的剑，斩奸的刀么？我们有清君侧的力量么？我们有的是什么！有的只是一腔热血，一片丹心和一庭清议与正言。这足以和好党们相周旋么？我辈诚不知死所矣！”

应升说时，激昂中带着凄凉。

大中也凄然的相向着，随手执起放在书桌上的竹如意，向空中挥击了一下，朗诵道：“故作风涛翻世态，常留日月照人心。”[①] 假如有玉唾壶在旁边便要一敲而碎。

“不管怎样，去看看白安吧。他那边也许有些消息。”

应升点点头，走向内室更衣去。

三

尊素正在书房里深思着。花几上一株墨榴正结着累累的青杏似的墨色的小石榴，怪有风致的在月影中站着。白色的巨猫伏在几下在懒散的卧着。

沉寂得像墟墓。

大中和应升严肃的若有忧色的快步走了进来。

不言而喻，谁都殷忧满怀。

① 借用顾大章在狱中作的联语。

"不意大事竟坏到如此地步。"尊素道。

"还有什么挽回天意之术么？"大中道。

尊素沉吟了一会，道："听说攻击逆贤之疏皆得严旨切责；于大洪尤甚。但我们还未见到旨意。如今索性再上疏剪除逆贤的外廷的党羽。像崔呈秀、曹钦程辈都是劣迹多端的，攻之不患无辞，也足大快人心。如果他们摇动了，政局或较可清明。羽翼一除逆贤也将无所施其技。不过，这一着棋也是姑且试走着罢了。我侪未必会打击得了他们。"

应升突觉得有一线光明在前，立刻跳起来说道："我来试试看。魏广微与逆贤勾结甚固，也得给他以致命的打击。"

"广微力量雄厚，一时不易撼动他。要有一个大题目。崔、曹诸人却是正成问题的人物，为士论所卑视，不妨先以他们来试锋。"尊素道。

"呈秀方巡按淮阳归来，声名狼藉之至。我先来弹劾他。"应升道。

"可不是。他从淮阳回来，还想对我有所馈遗。被我严辞斥责，他才知愧而退。"大中道。

"这便是一个大证据！您不妨先行揭发这事，然后由景逸[1]

---

① 景逸为高攀龙的号。

剿之，最为上策。”尊素道。

“景逸那边由我去和他说。你先行准备着。”应升对大中道。

大中很高兴的说道：“这便是杀贼先斩马的办法。徐宁练钩镰枪便是单破拐子马用的。”

“你什么时候倒记熟了《水浒传》？”应升开玩笑的对大中笑道。

“盗亦有道！天下无道，赏罚征伐便自群盗出，呜呼！”大中深有所感的叹道。

“匪盗如毛，还不是贪墨之吏逼迫而成的。人之爱生，谁不如我。把父母的身体玷污了，铤而走险，必有其大不得已的冤抑在着。”尊索道。

应升慨然的说道：“蔡京、高俅之流在朝，其能免于陆沉之祸乎？殷鉴不远！正是我侪洒此一腔热血的时候！”

尊素道：“边报的消息，赤虏甚为猖獗；辽东亟亟可危。内有奸党而外有强敌，我侪诚不知死所！”

大中道：“读圣贤书，所为何事！今日正是臣子报国之日也！”

浩然之气正弥漫着。他们只有一腔的义愤，浑忘了个人利害的打算，也不计前途的成败利钝。

西面粉墙上，太阳光猛烈的照着，反射过来，还有些可畏的热潮蒸发着。

“忘记了问一个话；听说世兄[①]要上京来了，可有这事？”应升问尊素道。

“小儿大约已在道上。他久未见我，说是来省问。据他信上的口气，似有些劝我激流勇退之意。”

大中道：“小儿[②]也有信来，长篇大论的，说什么‘一时硕彦尽在雄艳之地。天欲以此开中兴耶？抑将蕴隆正人之祸而速之坠也？’还说什么，‘无根之花其能久乎’的一套话，总之，也是劝我退休闲居。”

应升叹道：“世兄们倒有些远见。如果不为了朝政的日非，我也是天天想赋归兮的。”

“可不是，”大中道，“所以，我只简简单单的复他几句话道：‘岂不怀归，势不得独洁耳！’”

“我辈如萌退志，则天下事去矣！明知天下的罪恶，不能以一肩担负之。然而愚公何人，独欲移山；我侪难道竟不及愚公之专诚！”应升道。

---

① 黄尊素子即黄宗义。

② 大中子即魏学洢。

尊素慨然道："只有在这千钧一发的时候，我侪不能退后。难道竟付天下事于阉党而听任其腐烂下去么？"

大中背诵似的说道："天下有道。丘不与易也！"

尊素道："我侪虽不敢希孔圣，但生丁此浊世，像孔圣似的救世主之心却不能没有。"

应升充溢了正义似的朗诵着《离骚》道："惟党人之偷乐兮，路幽昧以险隘。岂余身之惮殃兮，恐皇舆之败绩！"

四

魏大中揭发御史崔呈秀的馈遗，而主管的大员左都御史高攀龙便疏劾呈秀贪浊。

这一个打击是很重的。阉党几乎手足忙乱的在极力设法图弥缝，图补救。

呈秀求救于魏广微。

广微道："这事大为棘手！即东厂亦不易作主。听说这疏出于李应升手笔。解铃还是系铃人。去哀求他一下，或者可以疏解。"

呈秀道："老高那方面呢？声势汹汹，如何解法？"

"只要李应升这边联络好了，高攀龙便容易说话；他们都是气脉相通的。”广微道。

“那末，我便怀揣着羞脸去求老李吧。”呈秀说道，立起身来。

“还有一句话，”广微道，“东厂那边，我自去关照一下。但要紧的还是从应升他们那边做工夫。只要所谓‘清议’无声，东厂那边便容易设法了。”

呈秀到应升宅求见。应升恰好在家，不能不见他。他们同在谏台里，几乎是天天见面的。

呈秀哭丧着脸，翼翼小心的向应升打拱作揖。

“这件事老兄台得给小弟援手，小弟在这里恳求老兄台的高抬贵手，让小弟过去。小弟实在冤枉之至。我一家百口均将深感老兄台再生之德！我崔氏数十代先灵也将深感老兄台维持之功！只求老兄台一援手！在老兄台不费吹灰之力，而小弟则终身不忘厚德！小弟在此有揖了！不，不，小弟在此拜求了！”

他真的竟直僵僵的跪倒在李应升的面前。

应升窘得说不出话来；连忙躬下身去，双手去拉他起来。任怎样也拉他不动；好像在地上生了根似的。

“老兄台，这是……这是……怎么一回事？有什么事请先站起来，……坐定了讲！”应升仍在死劲的拉他起来。

“不，不！老兄台如不答应小弟，小弟便终日的跪在老兄台之前，决不站起！但求老兄台一援手！”呈秀道。

应升明白他的来意。但依然假装不知道的说道：“老兄台快请站起；折杀小弟了！如何当得起！老兄台如不起立，小弟在此也有一跪！”他便也松了手，和呈秀面对面的也直僵僵的跪着。

呈秀无法，勉强的说道：“只要老兄台答应一声，小弟便遵命起立。”

应升道：“有什么话请从容的坐了细讲。小弟有可为力之处，当无不为老兄台尽力。”

呈秀见他口锋和缓，便趁机站了起来，说道：“这事确要细讲，但非请老兄台高抬贵手不可！”他立刻换了一副谄媚的笑容。圆滚滚的肥脸，奸诈的做作的笑着，应升从心底发出莫名的厌恶，恨不得一掌打得他倒地！

落了座，应升道：“老兄台究竟因何事下顾，小弟尚未闻其详。”

呈秀笑道：“这事老兄台也不必假作不知。俺们明人不说暗话。景逸先生的弹章，实在太凶狠了些。小弟虽愚昧，也不至不肖负国至此。小弟实在冤枉，但求老兄台能够高抬贵手，赐小弟以一线生机，则小弟此后有生之日皆老兄台所赐与也！”

应升皱着眉头，说道：“这话从何说起！还求老兄台详述。小弟也曾风闻景逸先生有一弹章，但还未得寓目。老兄台何不去访访景逸先生。小弟实在无能为力！”

呈秀的脸上飞过一道阴影，勉强的还在带笑，说道：“老兄台也不必过谦！谁不知道景逸先生的弹章都出于老兄台之手。只怪小弟愚昧，素日疏于趋候。以后凡有尊命，无不服从。只求老兄台这一次高抬贵手，让小弟过去！”

应升显得十分为难。一瞬时的沉默。

应升正色的对呈秀说道：“这事小弟虽有所风闻，弹章确非出于小弟之手。老兄台还须向景逸先生处一行，真相便可明白。小弟实在无力！”

呈秀见他推托得干脆，知道没有什么希望，但还要作最后的努力。

“但求老兄台在景逸先生前善为一言！小弟感恩不浅！解铃还须系铃人。小弟胸中雪亮。老兄台若肯高抬贵手，小弟决不是忘恩之徒，将来或有足供老兄台驱使之处。”

应升想不到呈秀卑鄙至此，不禁气往上冲，沉下脸来，说道：“小弟益发不明白老兄台的话语了。小弟诚实的对老兄台说，这弹章小弟实尚未寓目，更不必说是小弟主稿的了。”

呈秀显出破釜沉舟的气概来，也沉下脸来，说道："小弟多多有罪，不该以此事奉渎老兄台。得罪之至！"随又离座向应升作了一揖。

应升站起来还了一揖，沉着脸坐着，大有逐客之意。

呈秀沉默了一会，若有深思，鼻孔里似在冷笑，突然的像在独白似的说道："有势不可使尽！冤仇宜解不宜结！"

应升再也忍耐不住，厉声的说道："老兄台，这是什么话！谁和谁有什么冤仇？谁使了什么势？却求老兄台明白说出。"

呈秀冷笑道："老兄台当然明白，何必小弟细说。"

应升正色的说道："同为国家办事；特别是我们御史台中人，只有公谊，没有私交。老兄台在台多年，必知其详。若说弹章一上，便结冤仇，则台谏尚可为乎？实对老兄台说，公论是最可怕的东西。台谏弹章不过执行公论而已。老兄台果有冤屈难伸，自可诉之公论。若奔走权门，贪墨无耻，公论一张，便难一手掩尽天下目了。小弟辈若加袒护，何以对朝廷付托之重，何以解公论责备之严？不知者不将以朋比为奸相目么？"

呈秀一言不发，站了起来，作了一揖，道："请了！"快步向门走去。

“请了！”应升答揖道；不愉快的送走他。

“不知道这东西要怎样的图求报复？”应升自语似的咿唔着，回到书房里去。后事怎样，也只好置之不闻不问。

书僮们不知在什么时候放了一盆小荷花在书桌上。只有小水盂大小的花缸，极细致的宜瓷做的，种上了几根小藕。居然长出了金钱似的小荷叶，亭亭玉立着，白色的小酒盏似的荷花有半开的，有盛放的，其出污泥而不染的气概和池荷不殊。

“这是哪里来的？”应升问道。他注意到它，很喜欢这小巧玲珑的风致。

“是高爷派了人送来给爷赏玩的。”一个书僮答道。

应升不语。他执起笔来，在写弹劾曹钦程的疏。最重要的几句是，以贪墨之吏比之破甑。以为一有贪墨之名，便如破甑似的不可再用。那话恳切沉痛之至。

五

客、魏之党切齿于杨涟和御史台的几个人，却无法可以借口倾陷。

崔呈秀案，因公论的压迫，证据的确实，当局不得不把他削职。魏党在御史台里的势力为之大减。这打击并不轻微。继之，曹钦程也得严旨切责。

应升、大中觉得政局这时还相当的清明。但尊素却已看出了前途的暗淡。奸党怨毒益深，勾结益固，党羽益多，阴谋益甚。而几个君子却是毫无戒备，且也无法戒备。只有清议和公论是他们的唯一的武器。

这样的浑淆的政局从夏天拖延到冬天。表面上看来好像风平浪静，而内幕里却在狠恶的布置着。东厂里的缇骑们到处化装密布着，在刺探东林党中人物的行动和言论。应升他们一举一动，一言一行，无不为魏党所周悉。而言论略涉激昂，便被编入东林之党；行动稍有相通，便也被目为同籍之人。

正等候着一个最恰当的时机来施行最狠毒的一网打尽的恶计。

一个大的破裂和爆发，在冬天发动了。

应升他们捉住了一个大题目在打击魏党的中心人物魏广微。

孟冬享祭太庙，百官齐集行礼。独不见魏广微的踪迹。

应升道："这是一个劾他大不敬的机会了！"

尊素也以为然。

魏大中上疏纠弹魏广微无礼，只顾奢安，不拜正朔。清议哗然。

广微上疏自辩。

但李应升又再上疏纠弹他。疏上的话极为切直悚听，并指广微谓不可见其父于地下。

广微切齿痛恨，求计于客、魏。这时崔呈秀已和杨维垣、梁梦环、阮大铖辈俱拜忠贤为父。忠贤之党益广且大。其门有五虎、五魁、五狗、十孩儿、二十小孩儿、四十猴狲、五百义孙的名目。爪牙丰满，羽翼长成，正欲择人而噬。

应升再劾广微的疏一上，冲突便表面化了。因为他的疏上所说的话过于切直，下旨严责，不仅摇撼不了广微，反有借此兴大狱的危险。

幸赖几个识大体的枢臣，像韩炉等主持其间，力救应升得免，仅罚俸以示惩。

大祸终于一发不可复收。

反攻的布置已经完成。

然还没有捉住一个大题目，不容易兴大狱。还是呈秀的主张：先排斥他们离开了政局，然后等候到一个机会，一个个的设法罗织成狱，不怕他们不入钩。

曹钦程恨应升最切，便疏劾应升专为东林护法，援其大教主高攀龙，号召其党黄尊素等。得旨削夺应升官爵，放回原籍。

魏大中以推举谢应祥为山西巡抚一案，被御史陈九畴所劾，由吏科都给事降调外任。高攀龙、赵南星也都引罪请去。韩炉力救，也不听。他自己也引疾归。于是朋党之祸大兴。一被目为朋比东林，便遭休罢。黄尊素、杨涟、左光斗等都离开政府，削职回籍。

这是分散他们力量的一个步骤。大中等还以得外调为幸，却不知正中了阉党的毒计。

应升将要南归，到大中府里辞行。尊素也在那里。

“幸得保全首领以归，殆始料所不及也，”应升轻喟的叹道，若释下一担重负。

“满廷皆奸邪，吾侪一去，国事将益不可问了！”尊素道。

“羽翼已成，将奈之何！”大中道。

应升沉吟了一会。说道：“朝廷既弃去我辈，我辈即欲为朝廷效力亦不可得。只有以在野之身，维持正义说论，待机诤谏而已。”

“铁桶似的关防，将会有我们上言的余地么？”大中道。

“只有晦隐以待时耳。”应升道。

尊素凄然道：“此一别不知何时得再相逢？”

“再相逢时恐怕国事更将江河日下了。”应升道。

“但愿阉党们从此放开了我们。等待到政局的清明。再为国家效力。”大中道。

“恐怕这还是第一着棋；他们不会没有后文的。”尊素道。

“那末，我侪将不知死所了！”大中凄楚的叹道。

应升愤激的说道：“这一腔热血会当有为国洒却的机会！若不为国家搏击强敌而死，却死在狐兔之手，未免痛心！”

“社鼠城狐最不易熏除，自古已然，于今为烈。”大中道。

尊素高举起酒杯来，说道：“生死交应在，宁为异日怜！”[①]应升也举起酒杯来，一饮而干，朗声的吟唱道：“有客冲冠歌楚调，不将儿女泪沾裳！”

他把酒杯掷向地下，眼里蕴蓄无限的愤懑与忧戚。

良久，凄然的不言。

夕阳像鲜血似的恋恋的挂在西方的天空。庭角的积雪，益显得洁白光明。还没有点烛，而将近黄昏的光线还很明亮，照得他们须眉皆清楚。

寒鸦们一阵阵在天空狂噪着飞过。

① 借用缪昌期《别友》诗语。

六

应升是江阴人，有祖宅在常州城内。他回到了家乡，重睹许多年未曾见到的景物，皆觉亲切有味。像在炎日里长途奔走的挑夫似的，中途忽在树荫下息了下来，胸襟舒畅之至。

他暂时忘记了龌龊的仕途，凶顽的奸党，绝口不提时事，也不上府县官那里去拜望。亲友们也很少来往。他知道太守曾樱是一位正人君子，但也避嫌，不便和他相见。曾公历次的示意要拜谒他，他总是托辞辞谢了去。

他要暂时忘记了政局，也要人家暂时忘记了他。

终日在家里收拾裱糊破薄的房间，布置和粪除枯草乱生的园庭。忙得没有停下来思索的时间。

书房的窗前，是一个小得像一席地的天井，只有傍晚的几刻，夕阳照在高墙上，才有些阳光反射着。天井的地上，长满了绿苔，油润得可爱，像是终年潮湿着。他不忍剔除了它。只在对窗那边墙下，放了一个花架，架上摆着几盆虬龙似的小松树。他最爱盆松，以其高不盈尺而气概凌霄，孤高不群。

园庭里翻了土，种下许多新竹。池塘里放下好些鸭子，呷呷的往来觅食，一若与世无争。应升常立在池边，看他们没了半个身子在水下啄食什么。

池边本有无数的芙蓉。一棵将百年的大紫藤，盘亘于木架上。架下天然的成了一个花和叶搭成的庭厅。

不少的榆、槐秃着头乱立在园中。一个个鸟巢都显露着。背着夕阳光飞向归巢的乌鸦，增添了冬日的生趣不少。几株松柏，像饱历沧桑的老年人似的，不动声色的杂植在其间，冬夏的炎凉俱不足以摇撼他们；永远是苍翠如故。

他忙碌了一个多月，还未曾一切就绪。书房的四壁全都是一色的朱漆的大书橱。橱里满装着从京都带来的六朝以至唐、宋人的诗文集和杂著；许多时人们相赠的诗文集，满纸的谄语浮辞，装腔作态的，他全都抛弃在京寓里。若干至好的友朋们披肝沥胆的尺牍和诗稿，他却仔细的裱贴起来，不下十余巨册。但他不忍披阅，怕引起了痛苦的回忆，惹动了对于时局的牢愁，所以都把他们压在橱底。

时或咿唔着嵇、阮和陶潜的诗。最爱嗣宗的《咏怀》：“徘徊蓬池上，还顾望大梁。绿水扬洪波。旷野莽茫茫。走兽交横驰，飞鸟相随翔。是时鹑火中，日月正相望。朔风厉严寒，阴气下微霜。羁旅舞俦匹，俛仰怀哀伤。小人计其功，君子道其常。岂惜终憔悴，咏言著斯章。”不啻从他自己的笔下写出。

门庭毕竟冷落。亲友们都惧祸，罕得和他相见。正合他的胃口。几个兄弟是终日相处的。友于之情至笃。友朋里，只有徐仲修、蒋泽垒二人不时的到他那里来。

是春天。

池水绿得像草毡。嫩黄的小鸭子在水里无事忙的急促的游泛着，仿佛一刻不停的在觅食。

徐仲修叩门进来。应升正在园中看花匠在种植备式的草花，连忙迎了出来。

厅前天井里，陈列着许多盆景。小水竹最玲珑可爱。不知名的矮树，嫩叶红得像涂上几层朱漆。盘屈的虬树，从小小的太湖石下斜生出来。有一只小白鹤，丹顶白羽，振翼若欲翱翔，姿态如活的似的。

“是哪位送来的？”仲修指着红树问道。

“泽垒在北门外一个故家的园中见到，设法买下。昨天方才遣价送来。这样可爱的小景倒罕见，鹤顶似的鲜滴滴的朱红！”

“园艺也是经济之一道。由小见大，未可轻视。”仲修道。

“可不是。园艺之道，失传久了，古者四民并重。今日惟以读书为贵。不知胚子坏的人物，再给他们以学问，便如虎附翼，要飞以噬人了。天下几多可痛可伤的事不是秀才们制造出来的！”应升又有些愤愤了。

“我道不行，不如退而灌园，”仲修道，“还可以得我心之所安。依违苟容，实非我侪所能。”

应升道：“东门外的李老，以种瓜为业，古朴纯厚之至。与世无争，与人无求。我视之比达官贵人贵重得多。他是一个人，一个正当的有益于世的人。以自己的力量来养活自己，能视其业为贱业么？”

“讲起李老，我倒有一个新闻。”仲修道，“他知道了你罢职家居，大为慨叹，说是好人家居，朝廷不幸。前几天，他要联合乡邻，为你接风，各人送些自力耕种所得的东西献给你。”

“他老人家是看我长大的。我从小儿便常在他瓜园里游玩惯了的。似此古道的人也少！他见我中举人，中进士，做了朝官，不知喜欢了多少场。他常和我说，老百姓们怎样怎样的受苦，怎样怎样的为官和绅所压迫，怎样怎样的被苛捐杂税所害。他道：‘你做了官，要替老百姓们说话，你是知道他们的疾苦的。’可惜我不长进，辜负了他的嘱托。所以归来后，也不好意思去拜望他。”

仲修道：“你已经为国家尽了你的力量。朝廷里忠奸不分，将来不知会出什么乱子！”

应升叹道：“辽东消息日恶。沈阳已经为赤虏所据。其势不可侮。而朝廷上还在此争彼夺。直似燕雀处堂，不知大厦之将倾。我侪被废弃之人，有心无力。只有一腔热血时时准备着报国耳。”

仲修也凄然的若有所感。沉默了一会，勉强的笑道：“说要相戒不谈时事，不意又犯了戒。该罚，该罚！”

应升也连忙换了话题，邀仲修进了书房。

“近来有所得没有？”应升问道。仲修是一个收藏家，藏的宋、元名画不少。

“妙品罕遇得很。前天在茶肆里见到一册云林的册页倒不坏，可惜为老刘捷足先得。”

“他要这册页做什么？”应升鄙夷的问道。

“听说他要谋起复，不得不先重重送几份礼给中贵人们，以图相勾结。有人说，他的门路已有了，便是那魏鬼。”

应升不禁握拳击桌道：“如云林有灵，其画册必宁付劫灰，不入魏鬼之门！”

“阉人们也讲风雅，风雅之道绝矣！”仲修道。

“在今天浑浊之势已成，谁能独洁其身呢？我辈清流不知何日能不为浊流所卷没？连洁人的书画册子也不免辱于阉手，我辈其能免么？”应升有些凄凉的说道。

“天下皆浊，谁能独清？人山也遗世不了。整个政局，谁人不被牵连到呢？”仲修说道。

“所以，我辈应抱我佛‘我不入地狱谁入地狱’之心，可惜我是无能为力了！”应升道。

仲修也黯然若有所感。

七

池里荷花正盛开着。春天的小鸭子都已长成，成群的在水面上追逐着，一阵骤雨，打得鸭子们连忙爬上泥岸来；打得荷盖沙沙的作清响。

应升站在亭上看雨景。他午觉才睡醒，漱了口，读了几行陶诗。暑意竟被驱逐无遗。

他自己独吟的唱道：“孟夏草木长，绕屋树扶疏。众鸟欣有托，吾亦爱吾庐。既耕亦已种，时还读我书。穷巷隔深辙，颇回故人车。欢言酌春酒，摘我园中蔬。微雨从东来，好风与之具。”

突然的，仲修气息喘急的奔了进来，脸色白得像纸张，大叫道：“祸事！祸事！”

应升很镇定，说：“仲修，什么事急得如此？”

仲修喘息了半天，才透过气来，说道：“大事益发败坏了！善人尽矣！顷间从县里来，见到邸报，杨大洪、左浮丘、魏廓园、顾尘客等六位，均已于三月间被逮，入诏狱，逼追赃款。”

应升道：“不入市廛已半年，想不到有此大变！廓园从嘉善被逮，为何我竟丝毫不知？”

“是东厂的缇骑从京城南下的。机密万端。坐在府里要差人领捕，亦不宣布要捕何人，临时方才通知人名。捕后，不容别亲友。立即督迫就道。家人们仓皇追踪北上，为之料理一切，所以，我们都不得信息。”

顾泽垒也赶了来。三人面面相觑。

“究竟是什么罪状呢？”仲修问道。

泽垒道：“我从曾公衙中来，略知一二。题目太大。说是封疆的事。熊经略败，被逮入都。说是曾纳贿于杨、魏诸人求免。正在追赃呢。”

应升大怒道：“这是小人的惯技！专诬人以彼等自己们优为之的赃状！我辈恐怕将被牵人了！”

“只有杨、魏六人，听说不至牵连。”仲修道。

“恨我不在君前，不能以颈血溅彼凶顽！”应升切齿道。

“要到嘉善料理魏宅家务才好。”仲修道。

“听说魏世兄学洢立即追踪人京了；正托人变卖一切以求完赃，省得廓园比较吃苦！”泽垒道。

应升凛然说道：“尽我所有！变卖一切以接济他们！”

仲修默然，看看书房里的东西，除古书旧画以外有什么是值钱的！

泽垒道：“我辈自当尽心竭力！但兄长两袖清风，贤昆季也仅足够温饱。还是由我辈设法凑集吧。”

仲修默然。他兄弟五人，未曾析居，田产所人，仅够每年家用。仲修自己是分文俱无。除了变卖公共田产外，别无方法。这是他所不忍为的。

泽垒道：“我再打听消息看。”

这样凄凄楚楚的过了一个夏天。

秋雨开始淅沥个不止，增人无限的愁闷。池塘边芙蓉花开得正盛，凄艳欲绝。残荷只剩下枯黄的零梗败叶，飘零于水面上，点缀着衰败凄凉的景象。

鸭子们已经显得苍老了，徐缓的在池边泥泞里啄寻着小螺。

姜黄色的落叶从枝头飘飘扑扑的跌下地，有的带着虫蚀的孔眼，有的还连着虫丝儿一同飘落。

将近冬天。

高攀龙从无锡寄了一个短简给应升道："急足从都下来，悉六君子已作故人。惨绝！生死何常之有！仆已立意，心君泰然！想足下亦必了然于此际也！"

应升被愤火灼干了他的眼泪，欲哭无声。

泽垒从府里带了狱中秘密传出的六君子的遗笔和燕客的《天人合征纪实》来。这些秘本，传抄得极快。吴中诸郡，立即遍布，且有书肆刊板印售的。

六君子就义之事，惨绝人寰。从六月下旬诸君子陆续到北司后，立即严刑拷问。以后，每三四日必比较一次。五日一限，限输银四百两。不如数，必痛棍。

应升读到："十三日，比较。左、顾晓晓置辩。魏、周伏地不语。杨呼众人至腋下，大声曰：'汝辈归，好生服侍太奶奶。分付各位相公，不要读书。'"不觉大恸，掷书于地。

自此，他便天天的郁郁着，若有所失。勉强的以书自遣。

"多虑令志散，寂寞使心忧。"

他不时的咿唔着这两句诗。决意在第二年的春天的时候要出游访友。

八

而就在第二年的春天，大祸复行爆发。

从诸君子狱中纪实传布于世，吴中人心大愤，无不切齿于客、魏。渐有谱之歌谣词曲的。对于附逆的吴人，人人欲得之甘心。而苏抚新易毛一鹭，也是主要阉党之一。他欲为魏逆建生祠于苏，正勘地兴土木之工。过之者无不遥唾之。

也有市井侠少去鼓动土木工匠们罢工散去的。

而无耻的监生陆万龄且上疏请建忠贤柯于国学之旁；谓孔子作《春秋》，而忠贤作《要典》，孔于诛少正卯，而忠贤诛东林。吴人见了这疏文无不痛恨。

毛一鹭见吴中人士的骚动，心里很不安。秘密的报告这些事给魏逆。

魏逆也不自安。崔呈秀道："东林党人多出吴中。要一网打尽。否则，恣意鼓煽人心，大为可虑。"

于是，第二次的大狱开始布置。

东厂的缇骑们陆续南下。

这些缇骑们倚势横行，凶焰万丈，所带各械，都是江南人生平所不曾见到的。如一铜镝，摘人指立可折。到处奢意索贿。贿不满所欲，便作难万端。

缪昌期先被逮捕。江阴知县岑之豹，自称为五百义孙之一，躬率兵快奄捕昌期。缪夫人欲一见不可得。

继之，到无锡捕高攀龙。

攀龙早已立定了主意，义不受辱。他赴水自杀，留下一个极简短的遗表道：“臣虽削夺，旧系大臣。大臣一辱则辱国。故北向叩头，从屈平之遗则。君恩未报，愿结来生。乞使者执此报皇上。”

这消息已传到了常州。

应升自知不免。徐仲修、顾泽垒天天在他家里，惟恐他自裁。

但他很镇定，照旧谈诗，谈画，不提时事。

“要到来的事，终于是到来的。”他微笑道，“我自杨、魏诸公被逮后，便料有这一着。高公已逝，缪公已逮，大约不久就要到此处了。”

“也许不至株连如此之广。”仲修道。

“听说指名逮捕的有八十多人呢，都在江南。”洋垒道。

“我胸中安泰，无足恋恋的。只有友情难忘。生平待人以肝胆相见。诸公亦能彼此洞然雪亮。家中自不须料理。有诸公及大兄诸弟在，弟万无挂虑。”

仲修、泽垒听得这话，眼泪都要落下，切急的忍住了，而眼皮边已是润润的，有些晶亮。

应升朗诵道：“生命几何时，慷慨各努力！”四顾仲修们道:“诸公何戚戚！且尽此数日之欢！”

他的性情由偏激而变成旷达了。三十多岁的人素来是烈哄哄的盛气凌人，像一盆炽火。经了洗炼磨折，忧谗畏讥，仿佛这两年之间，竟老了二十多岁，成了老年人似的澄清的渊池。

兄弟和朋友们终天发着愁，他倒不着急。照旧的养竹看花，府衙里一有什么风吹草动，便立刻有惊报来。太守曾公也终日戚戚，惟怕缇骑们突然的光临。

提心吊胆的一天像一年似的过着。

民间窃窃在私议。市井侠少们在愤激的嚷着，不顾一切。

“难道这批太监要杀尽江南的好人？”

一个人攘臂而出道：“奴才们敢到常州来捉人，我们便给他们些颜色看看。”

另一个人扬起双拳道：“我这拳头有些痒痒的，好久不曾发利市了。”

市井骚动得厉害。谣言蜂起。府县衙左右不断的有泼皮们一堆堆的在探望，在私语。

几家罢职闲居的绅士们的家的左近，也不时的聚集着不少的游手好闲的人物。

仲修道："缇骑要到这里来，怕会出大乱子。"

泽垒道："前天有人从苏州来，那边也是乱哄哄的；恐怕要激起民变。"

应升想不到这事会激起另一种风波。他开始有些着急。

"一人做事一个当，怎么敢牵连到父老们身上呢。这事关系太大，千万要劝他们镇静！万不可胡乱的动！"应升道。

"去劝谁呢？千百张嘴，千百样的脸孔。无端而聚，无端而散，去劝谁呢？"仲修道。

"这都是激于气愤的好百姓呢！"泽垒道。

正在谈着，街道上忽然人声鼎沸起来。

"来了，来了！捉到他们！拉他们下骑来！"

"请太守严审！奉谁的命令来的？"

"假传圣旨，大逆不道！捉下骑来，捉下骑来！"

处处是鼎沸的人声，千百张嘴若出一言，千百张脸同样的悲愤。

缇骑们还未到府衙，便在大街上为群众所包围。其势亟亟可危。好事之徒随手拾起石子来向他们掷去。也有执着粗大的白梃赶了来的。

人愈聚愈多。气势足以粉碎这些缇骑们的心胆！力量能够把他们践踏在地上，踏成黑土似的细尘！

太守曾公连忙赶了来，再三劝谕百姓们。

“一切有我在着。校尉们奉命而来，身不由己。也还不知奉有何等样的旨意。不等开读是不会知道的。诸位千万稍安毋躁！要让校尉们到府衙中再说。千万不可鲁莽。”

曾太守向来与百姓们有好感，他的劝谕和不断的打躬作揖，软化了群众的心。

群众让出一条路。曾太守领了缇骑们向府衙而去。

蜂拥在衙前不散。

“快开读圣旨！”乱哄哄的声音在叫。

“快开读，快开读！”千万声在应和。

缇骑们惊喘稍定，便向排下的香案前站定了，一个首领刚刚展开了诏，读道。

“查李应升……”

百姓们立刻骚动起来，说道：“是来捕捉李老爷的！是东厂的主意！是矫诏来捉的！”

“捉下这些矫诏的人！魏阉的奴才！”

“捉下这些奴才们！”

不知有多少声口在喊、在叫、在悲愤的嚷，在绝望的号呼。

曾太守的劝谕的话，沉没于群众的声浪里一点也听不见。缇骑们躲藏到太守的身后。

几个盛气的粗豪的侠少们，已经一步步走向前去，预备向前冲，捉住缇骑们，生生的撕裂了。

应升已得到了这消息。立刻穿着衣冠，赶到府前来。他的大兄和徐、顾二人紧紧的跟在他身边。

“李老爷倒自己来了！”几个见到了的人低语着，有些诧怪。群众不自觉的让开了一条路。

“李老爷”“李老爷”群众窃窃的互语着。多数人不曾识得他；跂起足来，以得瞻丰采为幸。

曾太守见到他，放下了一腔心事。

“老兄台，小弟正欲差人到府相邀，不意老兄台倒已下降敝衙。今日之事，务恳设法。乱子闹大了，于老兄台亦有未便之处。”

应升道：“小弟是来领罪就道的。不知父老们为何如此错爱？”

群众默默无声，把愤怒换成了凄凉。分不出是惜别，还是攀恋。

他站了出来，想要说话，一阵酸楚，几乎眼泪要落下去。勉强的说道：“诸位父老，承诸位错爱……”说到这里再也说不下去了。

错落的声音嚷道："我们要留下李老爷；这旨意是假的，我们不能听任魏阉乱政！"

应升大声的说道："这事责任太大。我得了罪，这罪是我自己担当的！万不可再加重罪名！父老们万不可因爱我之故，反而害我，也害自己，我决不忍贻害地方！且于事无补！皇上定律至严，父老们守法为上！"

"我们不要守这种颠倒黑白，诬害好人的法律！"错落的声音叫道。

"这话错了，"应升道，"法律定了下来，我们便该遵守。而且我去了也未见得便是得个死罪。皇恩浩大，必有是非大白之日。这时，还该让我前去待罪！万不可以爱我的，反来害我，也来害地方！"

百姓们还是叫道："我们不奉伪诏！""我们要留下李老爷！""捉住这些传达伪诏的奴才们！"

又骚动了起来。形势亟亟，有几个少年们已经跑上了大厅跃跃欲试的。

群众大声的若出于一口的叫道："我们要留下李老爷！"

相持不下。群众不散，愈聚愈多。

"诸位，"应升大叫道，"我在这里向诸位跪求，"随即跪了下来，对着群众连连叩首。他不自禁的呜咽着。

群众号啕的大哭；也有回脸啜泣，不忍正视的。

未之前有的凄楚！

这一哭。倒泄去了不少的悲愤。

曾太守也回脸呜咽着。

“请诸位散回，请诸位散回，天色已是不早了！诸位如不散去，我永远的跪着不起来！”应升跪着，连连的拜求。

天色渐渐暗了下来。乌鸦们不知人事，照旧的鼓噪而飞过天空。

群众们渐渐的减少了，一个个叹息着，挂着泪珠而散去。

应升见群众散尽，便毅然的向缇骑们说道：“便即上道吧。迟恐有变。”

曾太守问道：“不处分家事么？”

应升道：“没有什么可处分的。”

他们连夜的走了。只有应升的大兄随去照料。仲修、泽垒哭得难分难舍的，然而不得不别。

中途，应升知道了苏州留周顺昌打缇骑的事变，到常州去的缇骑们窃窃的以没有遭祸为幸，故供奉得应升颇好。

应升在途中寄蒋泽垒一诗道：

与兄异姓为兄弟，意气宁论杯酒端。
他日蒙恩弛党禁，老亲稚子待君看。

但他实已知无可幸免。大阔步的走着应走的道路，踏着前面的六君子的血迹前进。

1939年6月15日写毕

（原载1939年世界书局《十人集》）

毁灭

一

从三山街蔡益所书坊回家，阮大铖满心高兴，阔步跨进他的图书凌乱的书斋，把矮而胖的身子，自己堆放在一张太师椅上，深深吐了一口气，用手理了理浓而长的大胡子，仿佛办妥了一件极重要的大事似的，满脸是得意之色。

随手拿了一本宋本的《李义山集》来看，看不了几行，又随手抛在书桌上了，心底还留着些兴奋的情绪，未曾散尽。

积年的怨气和仇恨，总算一旦消释净尽了。陈定生，那个瘦长个儿的书生，带着苍白的脸，颤抖的声音，一手攀着他的轿辕，气呼呼的叫道："为什么……为什么……要捉我们？"

吴次尾，那个胖胖的满脸红光的人，却急得半句话都说不出，张口结舌的站在那里。而华贵的公子哥儿，侯朝宗，也把一手挡着轿夫的前进，张大了双眼，激动地叫道：

“这是怎么说的？我刚来访友……为什么牵到我身上来？”

用手理理他那浓而长的大胡子，他装做严冷的样子，理也不理他们，只吩咐蔡益所和坊长道：“这几个人交给你们看管着，一会儿校尉便来的。跑掉一个，向你们要人！”一面挥着手命令轿夫快走。四个壮健的汉子，脚下用一用劲，便摆脱了书生们的拦阻，直闯前去，把颤抖而惊骇的骂声留在后面，转一个弯，就连这些声音也听不见了。

大铖心里在匿笑，脸上却还是冰冷冷的，一丝笑容都没有——要回家笑个痛快——他坐在轿里，几次要回头望望，那几个书呆子究竟怎么个惊吓的样子，却碍于大员的体统，不好向轿后看。

“这些小子们也有今日！”他痛快得像咒诅又像欢呼的默语道。

他感到自己的伟大和有权力；第一次把陈年积月的自卑的黑尘扫除开去。

他曾经那样卑屈的求交于那班人，却都被冷峻的拒绝了。门户之见，竟这样的颠扑不破！而不料一朝权在手，他们却都在他的掌握之中了。书生到底值得几文钱！只会说大话，开空口，妄自尊大。临到利害关头，却也一般的惊惶失色，无可奈何！

为了他们的不中用，更显得自己的有权力，伟大，和手段的泼辣。“好说是不中用的。总得给他们些手段看看。”而权力是那末可爱的东西啊。怪不得人家把握住它，总不肯放手！

丁祭时候的受辱，借戏时候的挨骂，求交于侯方域时的狼狈，想起来便似一块重铅的锤子压在心头。

咬紧了牙齿，想来尚有余恨！那些小于们，自命为名士，清流，好不气焰逼人。直把人逼到无缝可钻入的窘状里去。“也有今日！”他自言自语，把拳头狠狠的击了一下书桌，用力太重了，不觉得把自己的拳头打痛。

“无毒不丈夫。”他把心一横，也顾不得什么舆论，什么良知了。谁叫他们那些小子们从前那样的不给人留余地，今天他也不必给他们留什么余地了。

“还是这样办好！一不做，二不休，”他坐在那里沉吟，自语道，“把他们算到周镳、雷演祚党羽里去！”

他明白马士英是怎样的害怕周、雷，皇上是怎样的痛恨周、雷。一加上周、雷的党羽之名便是一个死。

他站了起来，矮胖的身躯在书斋里很艰难的挪动着。

窗外的桃花正在盛开，一片的红，映得雪亮的书斋都有些红光在浮泛着，他的黄澄澄的圆胖的多油的脸上，也泛上来一层红的喜色。

他亲手培植的几盆小盆松，栽在古瓮钵里，是那样的顽健苍翠，有若主人般的得时发迹。

二

“您家大人在家么？”一阵急促的乌靴声在天井旁游廊里踏响着。

“在书斋里吧，杨大人！”书童抱琴说道。

大铖从自足的得意的迷惘里醒了转来。

“哈，哈，哈，我正说着龙友今天怎么还不来，你便应声而来；巧极，巧极，请进，请进。我告诉你一件有趣的事……”随时准备好了的笑声，宏亮的脱口而出。

但一看杨文骢的气急败坏的神色，却把他的高兴当头打回去，像一阵雹雨把满树的蓓蕾都打折了一般。

“时局有点不妙！您听见什么风声么，圆老？”文骢张皇失措的说道。

大铖的心脏像从腔膛里跳出，跑进了冰水里一样，一阵的凉麻。

“出了什么事，龙友？出了什么事？我一点还不知道呢。”他有点气促的说。

文骢坐了下来，镇定了他自己。太阳光带进了的桃花的红影，正射在他金丝绣圆鹤的白缎袍上。

“时局是糟透了！”他叹息道，“我辈真不知死所！难道再要演一次被发左衽的惨剧么？我是打定了主意的。圊老，您有什么救国的方略？——”

大铖着急道：“到底是什么事呢，龙友？时局呢，果然是糟透了，但我想……”

底下是要说“小朝廷的大臣恐怕是拿得稳做下去的吧”的话。为了新参与了朝廷大计，不像前月那末可以自由闲评的了，不得不自己矜持着，放出大臣的体态来，这句放肆的无忌惮的话，已到了口边，便又缩了回去。

“恐怕这小朝廷有些不稳呢。”龙友哑声的说道。

“难道兵部方面得到什么特别危急的情报么？”

龙友点点头。

大铖的心肺似大鼓般的重重的被击了一记。

“大事不可为矣！我们也该拿出点主张来。”

“到底是什么事呢？快说出来吧。等会儿再商量。”大铖有点不能忍耐。

“十万火急的军报说——我刚才在兵部接到的，已经差人飞报马公了——中原方面要有个大变，大变！唉，唉，”龙友有点激昂起来，清癯的脸庞，显得更瘦削了，“将军们实在太不可靠了，他们平日高官厚禄，养尊处优，一旦有了事，就一个也不可靠，都只顾自家利益，辜负朝廷，耽误国事。唉，唉，武将如此，我辈文臣真是不知死所了！”

“难道高杰又出了什么花样么？他是史可法信任的人，难道竟献河给北廷了么？”大铖有点惊惶，但也似在意料之中，神色还镇定。

“不，高杰死了！一世枭雄，落得这般的下场！”

“是怎样死的呢？”大铖定了心，反觉得有点舒畅，像拔去一堆碍道的荆棘。高杰是党于史可法的，南都的主事者们对于他都有三分的忌惮。

“是被许定国杀的，”龙友道，“高杰一到了开、洛，自负是宿将，就目中无人起来，要想把许定国的军队夺过去，给他自己带。定国却暗地里和北兵勾结好，表面上对高杰恭顺无比，却把他骗到一个宴会里，下手将他和几个重要将官都杀了。高杰的部下，散去的一半，归降许定国的一半。如今听说定国已拜表北廷，请兵渡河，不久就要南下了！圆老，您想这局面怎么补救呢？这时候还有谁能够阻挡？先帝信任的宿将，只存左良玉和黄得功了。得功部下贪恋扬州的繁华，怎肯北上御敌？良玉是拥众数十万，当武、汉四战之区，独力防闯，又怎能东向开、洛出发？”

大铖慢条斯理的抚弄着他颔下的大把浓胡，沉吟未语，心里已大为安定，没有刚才那末惶惶然了。

“我看的大势还不至全然无望。许定国和北廷那边，都可以设法疏解。我们正遣左懋第到北廷去修好，还可以用缓兵之计。先安内患，将来再和强邻算账，也不为迟。至于对许定国，只可加以抚慰，万不可操切从事。该极力柔怀他，不使他为北廷所用。这我有个成算在……”

书童抱琴闯了进来，说道：“爷，马府的许大爷要见，现在门外等。”

龙友就站了起来，说：“小弟告辞，先走一步。”

大铖送了他出去。一阵风来，吹落无数桃花瓣，点缀得遍地艳红。衬着碧绿的苍苔砌草，越显得凄楚可怜。诗人的龙友，向来是最关怀花开花落的，今天却熟视无睹的走过去了。

三

“究竟这事怎么办法呢？杀了防河的大将，罪名不小。如果不重重惩治，怎么好整饬军纪？”马士英打着官腔道。

马府的大客厅里，地上铺着美丽夺目的厚毡，向南的窗户都打开了，让太阳光晒进来。几个幕客和阮大铖坐在那里，身子都半浸在朝阳的金光里。

“这事必得严办，而且也得雪一雪高将军的沉冤。”一个幕客道。

“实在，将官们在外而闹得太不成体统了；中央的军令竟有些行不动。必得趁这回大加整饬一番。”

“我也是这个意思，”士英道，“不过操之过急，许定国也许便要叛变。听说他已经和北廷有些联络了。”

大家面面相觑，说不出一句话来。

沉默了好久。图案似的窗外树影，很清晰的射在厚地毡上，地毡上原有的花纹都被搅乱。

“如果出兵去讨伐他呢，有谁可以派遣？有了妥人，也就可使他兼负防河的大责。”士英道。

“这责任太大了，非老先生自行不可。但老先生现负着拱卫南都的大任，又怎能轻身北上呢？必得一个有威望的大臣宿将去才好。”一个幕客道。

“史阁部怎样呢？”士英道。

“他现驻在扬州，总督两淮诸将，论理是可以请他北上的。但去年六月间，高杰和黄得功、刘良佐诸将争夺扬州，演出怪剧，他身为主帅，竟一筹莫展，现在又怎能当此大任呢？况且，黄、刘辈也未必肯舍弃安乐的扬州，向贫苦的北地，”大铖侃侃而谈起来。

“那末左良玉呢，可否请他移师东向？”一位新来的不知南都政局的幕客说。

大铖和士英交换了一个疑惧的眼色。原来左良玉这个名字，在他们心上是个很大的威胁。纷纷藉藉的传言，说是王之明就是故太子，现被马、阮所囚，左良玉有举兵向江南肃清君侧之说。这半个月来，他们二人正在苦思焦虑，要设法消弭这西部的大患，如今这话正触动他们的心病。

但立刻，大铖便几乎带着呵责口气，大声说道，“这更不可能！左良玉狼子野心，举止不可测度。他拥众至五十万，流贼归降的居其多数，中央军令，他往往置之不理。外边的谣言，不正在说他要就食江南么？这一个调遣令，却正给他一个移师东向的口实！”

“着呀！”士英点头道，“左良玉是万不可遣动的。何况闯逆犹炽，张献忠虽蛰伏四川，亦眷眷不忘中土，这一支重兵，是决然不能从武汉移调开去的。”

沉默的空气又弥漫了全厅。

这问题是意外的严重。

“圆海，你必定有十全之策，何妨说出来呢？”士英隔了一会，向大铖提示说。

大铖低了头，在看地毡上树影的摆动，外面正吹过一阵不小的春风。

理了理颔下的大浓胡，他徐徐说道：“论理呢？这事必得秉公严办一下，方可使悍将骄兵知有朝廷法度。但时势如此，虽有圣人，也决不能一下挽回这积重难返的结习。而况急则生变，徒然使北廷有所借口。我们现在第一件事，是抓住许定国，不放他北走。必须用种种方法羁縻住他，使他安心，不生猜忌。所以必得赶快派人北上去疏解，去抚慰他，一面赶快下诏安抚他的军心，迟了必然生变！目前正是用人之际，也顾不得什么威信什么纲纪了。”

“但他仇杀高杰的事怎么辩解呢？”士英道。

“那也不难。高杰骄悍不法。为众所知。他久已孤立无援，决不会有人为他报复的。我们只消小施诡计，便可面面俱到了，就说高杰克扣军饷，士卒哗变，他不幸为部下所杀，还亏得许定国抚辑其众，未生大变。就不妨借此奖赏他一番，一面虚张声势，说要出重赏求刺杀高某的贼人，借此掩饰外人耳目。这样，定国必定感激恩帅，为我所用了。”

“此计大妙！此计大妙！”士英微笑点头称赞道，仿佛一天的愁云便从此消散尽净一般。“究竟圆海是成竹在胸，真不愧智囊之目！”说着一只肥胖红润的大手，连连抚拍大铖的肩膀。

大铖觉得有些忸怩，但立刻便又坦然了，当即呵呵大笑道，“事如有成，还是托恩帅的鸿福！”

四

但许定国并不曾受南朝的笼络，他早已向北廷通款迎降，将黄河险要双手捧到清国摄政王的面前了。关外的十万精悍铁骑，早已浩浩荡荡，渡河而过，正在等待时机，要南向两淮进发。

“真想不到许定国竟会投北呢！”士英蹙额皱眉的说，“总怪我们走差了一着。当初不教高杰去防河，此事便不会有；高、许不争帅，此事也不会有。……”

“不是我说句下井投石的话，这事全坏在高杰之手！高杰不北上防河，许定国是决不会激叛的。”大铖苦着脸说，长胡子的尖端，被拉得更是起劲。本来还想说，也该归咎于史可法的举荐失人，但一转念之间，终于把这话倒咽下去。

彼此都皱着眉头坐在那里，相对无言。树影在地毡上移动，大宣炉里一炉好香的烟气，袅袅不断的上升。东面的壁衣浴在太阳光里，上面附着的金碧锦绣，反射出耀目的光彩。中堂挂着的一幅陈所翁的墨龙，张牙舞爪的像要飞舞下来。西壁是一幅马和之的山水，那种细软柔和的笔触，直欲凸出绢面来，令人忘记了是坐在京市的宅院里。

但一切都不会使坐在那里的人们发生兴趣。切身的焦虑攫住了他们的心，不断地在啮，在咬，在啃。

这蛮族的南侵，破坏了他们的优游华贵的生活，是无疑的。许定国的献河，至少会炽起北廷乘机解决南都的欲望，定国对于南都的兵力和一切弱点是了若指掌的。他知道怎样为自己的地位打算，怎样可以保全自己的实力和地盘。马士英他们呢，当然也是身家之念更重于国家的兴亡。但他们的一切享受，究竟是依傍南朝而有的。南朝一旦倾覆，他们还不要像失群的雁或失水的鱼一般感着狼狈么？

于是，将怎样保全这个小朝廷，也就是将怎样保全他们自己的身家的念头，横梗在他们心上。

“圆海，那条计既行不通，你还有何策呢？”

大铖在硬木大椅上，挪动了一下圆胖的身体，迟疑的答道：“那，那，待下官仔细想一想……除了用缓兵之计，稳住了北廷的兵马之外，是别无他策的了。只要北兵不渡淮，无论答应他们什么条件都可以。从前石晋拿燕云之地给契丹，宋朝岁奉巨币赂辽金。都无非不欲因小而失大，情愿忍痛一时，保全实力，徐图后举的。”这迂阔之论，只算得他的无话可答的回答，连他自己也不知在说什么。

“但是北廷的兵马，怎么就肯中止开、洛不再南下呢？我们再能给他们什么利益呢？现在是北京中原都已失去的了！”士英道。

大铖沉吟不语，只不住的抚摸浓胡，摸得一根根油光乌黑。

只有一个最后的希望：北廷能够知足而止，能够以理折服。左懋第的口才，能够感动北军中大将，也未可知。但这却要看天意，非人力所能为了。此时这种希望的影子，还像金色绿色紫色的琉璃宫瓦在太阳光中闪烁摇曳那样的，捉摸不定。

“也只有尽人事以听天命的了！”大铖叹息道。

浓浓的阴影爬在每个人的心上，飘摇得不知自己置身何所，更不知明天要变成怎样一个局面。只有极微渺的一星星希望，像天色将明时油灯里的残烬似的一眨一眨地跳动。

突然地，一阵沉重的足步声急促的从外而来，一个门役报告道：“史阁部大人在门口了，说有机密大事立刻要见恩帅！”

厅中的空气立刻感得压迫严重起来。

“圆海，你到我书斋里先坐一会儿吧。我们还有事要细谈。也许今夜便在这里作竟夜谈，不必走了。”士英吩咐道。

大铖连连的答应，退入厅后去。

五

“糟了！糟了！”士英一进了书斋，便跌足地叫道，脸色灰败得如死一般。

大铖不敢问他什么，但知道史阁部带来的必是极严重的消息。眼前一阵乌黑，显见得是凶多吉少，胸膛里空洞洞的，霎时间富贵荣华，亲仇恩怨，都似雪狮子见了火一般，化作了一摊清水。

“圆海，”士英坐了下来叫道，“什么都完结了！北兵是旦暮之间就要南下的！许定国做了先锋！这罪该万死的逆贼！还有谁挡得住他呢？史可法自告奋勇，要去防守两淮。但黄得功和二刘的兵马怎么可靠？怎么敌得住北兵正盛的声势？我们都要完了吧！”

像空虚了一切似的黯然的颓丧。

沉重而窒塞的沉默和空虚！铜壶里的滴漏声都可以听得

见。阶下有两个书童在那里听候使唤。他们也沉静得像一对泥人，但呼吸和心脏的搏动声规律地从碧窗纱里送进来。

太阳光的金影还在西墙头，未曾爬过去。但一只早出的蝙蝠已经燕子一般轻快的在阶前拍翼。

“我们的能力已经用尽了，还有什么办法可想呢？”大铖凄然的叹道，那黄胖的圆脸，划上一道道苦痕，活像一个被斩下来装在小木笼里的首级。“依我说，除了缓兵或者干脆迎降之外，实在没有第三条路可以走的！”

“迎降”这两个大字很响亮的从大铖的口中发出，他自己也奇怪，素来是谨慎小心的自己，怎么竟会把这可怕的两个字，脱口而出！

“说来呢，小朝廷也实在无可依恋了，”士英也披肝沥胆的说道，“我们的敌人是那末多。就使南朝站得住，我们的富贵也岂能永保？史可法、黄得功、左良玉，他们有实力的人，个个是反对我们的。我只仗着那支京师拱卫军，你是知道的，那些小将官如何中得用？十个兵的饷额。倒被吞去了七个。干脆是没有办法的！”他低了声，“圆海，你我说句肺腑话吧，只要身家财产能够保得住，便归了北也没有什么。那劳什子的什么官，我也不想做下去了。”

大铖心里一阵的明亮，渐渐的又有了生气。“可不是么，恩帅？敌是敌不过的，枉送了许多人的性命，好不作孽！‘识时务者为俊杰’。我听见史可程说过——他刚从北边来，你老见过他么？——”

士英摇摇头道：“不曾。但听说，史可法当他是汉奸，上了本，说什么‘大义灭亲’，自行举发，要办他个重重的罪呢。但皇上总碍着可法的面子，不好认真办他，只把他拘禁在家。用一个养母终老的名义，前事一字不提了。”

“可还不是那末一套，不过可程倒是个可亲近的人，没有他哥的那股傻八轮东的劲儿。他和我说起过，闯贼进了京师，闹得鸡犬不宁，要不是他老太爷从前一个奴才做了老闯的亲信，他也几乎不免。有钱的国戚大僚，没有一个不被搜括干净的。还受了百般的难堪的刑罚，什么都给抬了去。但说北兵却厚道，有纪律，进了城，首先便禁止掳掠。杀了好多乘风打劫的土棍。有洪老在那边呢，凡事都做得主。过几天，就要改葬先帝，恢复旧官的产业，发还府第了。人家是王者之师，可说是市井不惊，秋毫无扰，哪里像闯贼们那么暴乱的？我当初不大信他的话，但有一个舍亲，在京做部曹的，也南来了，同他说的丝毫无二。还说是南北来往可以无阻，并不查禁京官回籍的。”放低了声音，“确是王者之师呢。周府被闯贼夺去了的财物，查明了。也都发还了。难道天意真是属于北廷了？”说至此声音更低，两个头也几乎碰在一处。“听说北方有种种吉祥的征兆呢。洪老师那边，小弟有熟人；他对小弟也甚有恩意。倒不妨先去联络联络。”

士英叹了一口气道：“论理呢，这小朝廷是我们手创的，哪有不与共存亡之理？但时势至此，也顾不得了，‘孺了可保则保之。’要是天意不顺的话，也只好出于那一途了。”又放低了声音，附着大铖的耳边，说道：“洪老那边，倒要仗吾兄为弟关照一下。”

大铖点点头，不说什么。他向来对士英是卑躬屈节惯了的，不知怎样，他今天的地位却有些特别。在马府里，虽是心腹，也向来都以幕僚看待，今天他却像成了士英的同列人了。

“要能如此，弟固不失为富家翁，兄也稳稳还在文学侍从之列。”士英呵呵大笑的拿这预言做结束。

桌边，满是书箱，楠木打成的。箱里的古书，大铖是很熟悉的，无不是珍秘的钞本，宋元的刻本。他最爱那宋刻的《唐人小集》，那么隽美的笔划，恰好和那清逸的诗篇相配称，一翻开来便值得心醉。士英也怪喜爱它。还有世彩堂廖刻的几部书，字是银钩铁划，纸是那么洁白无纤尘。地上放着一个小方箱，是士英近几天才得到的一部《淮海诗词集》。箱顶上的一列小箱，是宋拓的古帖。两个大立柜，放在地上，占了书斋的三分之一的地盘。那里面是许多唐宋名家的字面。地上的一个哥窑的大口圆瓶，随意插放着几轴小幅的山水花卉。随手取一卷来打开，却是倪云林画的拳石古松。

窗外是蓬蓬郁郁的奇花异木，以及玲珑剔透的怪石奇峰。月亮从东边刚上来，还带着些未清醒的黄晕。一支白梨花，正横在窗前，那花影被月光带映在粟色的大花梨木书桌上，怪有丰致的。

大铖他自己家里，也正充斥着这一切不忍舍弃的图书珍玩。他总得设法保全它们。这是先民的精灵所系呢！要是一旦由它们失之，那罪孽还能赎吗？单为了这保全文化的责任，他们也得筹个万全之策。

那一夜，他们俩密谈到鸡鸣；书童们在廊下瞌睡，被唤醒添香换茶，不止两三次。

六

“恩帅，听见外边的谣言了么？风声不大好呢，还是针对着我们两个发的！但北廷方面倒反而像没有什么警报了。”大铖仓仓皇皇的闯了进来，就不转气的连说了这一大套。

士英脸色焦黄，像已吓破了胆。一点主意也没有。他颤抖抖的说道："不是谣言，是实在的事。但怎么办呢，圆海？这可厉害呢。不比北兵！北兵过了河，就停顿在那里了，一时不至于南下。我见到那人的檄文呢，上面的话可厉害。"

随手从栗色花梨木大书桌上的乱纸堆里检出一份檄文递给大铖。

大铖随读随变了色。"这是从哪里说起？国势危急到这地步，还要自己火并吗！"

"不是火并，圆海，他说的是清君侧呢。"放低了声音。"尽有人同情他呢。你知道，我的兵是没法和他抵抗的。他这一来，是浩浩荡荡地沿江而下，奔向东南。怎样办呢？听说有十几万人马呢。圆海，你得想一个法子，否则，我们都是没命的了！共富贵的尽有人，共患难的可难说了！"士英大有感慨的叹道。

大铖脸上也现着从未曾有的忧郁，黄胖的脸，更是焦黄得可怕，坐在那里，老抚摸自己的胡子，一声不响。

他眼望着壁上的画轴，却实在空茫茫的一无所见。他想前想后，一肚子的闷气。觉得误会他的人实在太多了！他又何曾作过什么大逆不道的罪孽！为什么有这许多人站在那里反对他？至于马士英，他是当朝掌着生杀大权的，他自己为什么也被打入他的一行列里去？心里有点后悔，但更甚的是懊丧。

马、阮这两个姓联在一处，便成了咒诅的目的。这怨尤是因何招来的呢？他自己也不大明白！……心里只觉得刺痛。仿佛立在绝壁之下，断断不能退缩。还是横一横心吧！……他是不能任人宰割的！……不，不，只要他还有一口气在，他总得反抗！什么国家，什么民族，他都可牺牲，都不顾恤！但他不得不保护自己，决不能让仇人们占了上风……不，不能的！他阮胡子也不是好惹的呀！他也还有几分急智干才可以用。他总得自救，他断不退缩！

只在那一刹那间，他便打定了主意：绝对不能退，退一步，便退入陷阱里去。干，不退却，他狠狠的摸着自己的胡子，仿佛那胡子被拉得急了，便会替他想出什么却敌的妙计来似的。

室中沉寂得连自己心肺的搏动也清晰可闻。士英知道他在深谋默策，便不去打扰他，只把眼光盯在窗外，一阵阵的幽香从窗口喷射进来。新近有人从福建送了十几盆绝品的素心兰给他，栽在绿地白花的古窑的方盆里。他很喜爱它们，有十几箭枝叶生得直堪入画，正请了几个门下的画师在布稿，预备刊一部《兰谱》。墙角的几株高到檐际的芭蕉，把浓绿直送入窗边。满满的一树梨花，似雪点般的细密，正在盛放。太阳光是那么可爱的遍地照射着。几只大凤蝶，带着新妍斑斓的一双大粉翼，在那里自由自在的飞着。一口汉代的大铜瓶里，插着几朵紫红色牡丹花，朵朵大如果盆，正放在书桌上。古玩架上，一个柴窑的磁碗里，正养着一只绿毛小龟，那背上的绿毛，细长纤直，鲜翠可爱，一点没有曲折，也没有一点污秽的杂物夹杂在里面。白色的搪磁小钵里，栽着一株小盆松，高仅及三寸，而蟠悍之势，却似冲天的大木。一个胭脂色的玉碗，说是太真的遗物，摆设在一只大白玉瓶旁边，那瓶里插的是几枝朱红耀眼的大珊瑚。

老盯在这些清玩的器物上，士英的眼光有些酸溜溜的。在这样的好天气，好春景里，难道竟要和这一切的珍品一旦告别么？辛苦了一世的收藏，竟将一旦属于他人么？万端的愁绪，万种的依回；而前月新娶的侍姬阿娇，又那么的婉转依人，娇媚可喜……难道也将从他身旁眼睁睁看她被人夺去么？

他有些不服气，决计要和这不幸的运命抗争到底。但有什么反抗的力量呢？他是明白他自己和他的军队的。他知道这一年来，当朝执政的结果是结下了许许多多的死活冤家。左良玉的军队一到南京，他就决然无幸，比铁券书上的文字还要确定的。左军向江南移动的目的，一面说是就食，一面却是铲除他和大铖。他想不出丝毫抵抗的办法。他心里充满着颓丧、顾惜、依恋、恐怖的情绪。……迟之又久，他竟想到向北逃亡……

“这一着可对了！”大铖叫了起来，把士英从迷惘里惊醒。

“有了什么妙计么？”士英懒懒的问。

“这一着棋下得绝妙，若不中，我不姓阮！”大铖面有得色的说道。

士英随着宽了几分心，问道：“怎样呢，圆海？如有什么破费，我们断不吝惜！”

“倒是要用几文的，但不必多。”随即放低了声音说道，“这是可谓一箭双雕，我们设法劝诱黄得功撤了淮防的兵，叫他向西去抵抗左师。如今得功正以勤王报国自命，我们一面发他一份重饷，一面用御旨命令，他决没有不去的。他决不敢抗命！两虎相斗，必有一伤。但我们却可保全了一时。此计不怕不妥！若还得功阻挡不住，那我还有一计，那得用到诗人杨龙友了。”

“就派人去请龙友来！”

七

杨龙友为了侯朝宗的被捕，心里很不高兴。苏昆生到过他寓所好几趟了，只是恳切的求救于他。他知道这事非阮大铖不能了，也曾跑到大铖那里去，却扑了一个空。

这两天，西师的风声很紧，他也知道。只得暂时放下了这条营救人的心肠，呆呆的坐在家里发闷。要拿起笔来画些什么，但茫然若失的情绪却使他的笔触成为乱抹胡涂的情形，没有一笔是自己满意的。他一赌气，掷了笔不画了，躺在炕床上，枕着妃色的软垫，拿着一本《苏长公小品》读读，却也读不进什么去。

他没有什么牵挂。他的爱妾，已曾慷慨的和他说过，要有什么不测，她是打算侍候他一同报国的。所不能忘情的，只有小小一批藏书和字画。他虽然不能和阮、马争购什么，在那里面，却着实有些精品，都是他费了好些心血搜求来的。但那也是身外物……说抛却，便也不难抛却。

但终不能忘情……心里只是慌慌的，空洞洞的，不知道在乱些什么。

西师的趋向江南，他虽不怎样重视，却未免为国家担忧。在这危急关头，他诚心的不愿看见自己兄弟的火并，而为了和阮、马的不浅的交谊，也有些不忍坐视他们一旦倒下去。

马府请他的人来，这才打断他的茫然的幻想，但还是迷迷糊糊的，像完全没有睡醒。

“哈，哈，龙友。不请你竟绝迹不来呢！”士英笑着说。“有要事要托你一办。”

“这事非龙友不办，只好全权奉托！”大铖向他作了一个揖说。

龙友有点迷惘，一时说不出什么来。

“你和侯朝宗不是很熟悉么？”大铖接着道。

龙友被触动了心事，道：“不错，侯朝宗，为了他的事，我正想来托圆老。昨天到府上去……”

大铖打断了他的话，说道：“我都知道，那话可不必再提。已经吩咐他们立刻释放他出来了。现在求你的是，托你向侯生一说，要他写一信阻止左师的东向。他父亲是左良玉的恩主。左某一生最信服他，敬重他的。侯生不妨冒托他父亲的名义，作信给左某，指陈天下大势以及国家危急之状，叫他不要倡乱害国。这封信必要写得畅达痛切，非侯生不办。”

“朝宗肯写这信么？”龙友沉吟道。

“责以大义，没有不肯写的。”大铖道，“你可告诉他，如今正是国家危急存亡之际，再也谈小到什么恩怨亲仇了。北廷屯兵于开、洛，其意莫测，闯贼馀众尚盛，岂宜自己阋墙？朝廷决不咎左良玉既往之事，只要他肯退兵。侯生是有血性之人，一定肯写这封信的。”

“为了国家，”龙友凄然的说道，“我不顾老脸去劝他，死活叫他写了这信就是。”

“着呵，”士英道，“龙友真不愧为我们的患难交！”

“但全是为国家计。国事危急至此，我们内部无论如何是不能再自动干戈的！在这一点上，我想，朝宗一定会和我们同意。”

“如果左师非来不可，我们也只得拱手奉让，决不和他以兵戎相见，”大铖虚伪的敷衍道。

士英道：“着呵。我们的国家是断乎不宜再有内战的了。我什么都可以退让，只要他们有办法提出。我不是恋栈的人，我随时都可以走，只要有了替代人。”

“可不是，”大铖道，“苟有利于国，我们是不惜牺牲一切的。但中枢不宜轻动。这是必要的！任他人有什么批评，马公是要尽心力维持到底的！”

龙友不说什么，立了起来，道：“事不宜迟，我便到朝宗那边去。”

八

侯朝宗冒他父亲之名的信发出了，但同时，黄得功的那支兵马也被调到江防。淮防完全空虚了。史可法异常着急，再没有得力的军队可以填补，深怕清兵得了这个消息，乘虚扑了来。

而这时，西兵已经很快的便瓦解了。左良玉中途病死，部下四散，南都的西顾之忧，已是不成问题。

马、阮们心上落下了一大块石头。南都里几位盼着朝政有改革清明的一线希望的人，又都灰了心。

秦淮河边的人们，仍是歌舞沉酣，大家享受着，娱乐着。马、阮心上好不痛快。便又故态复萌，横征暴敛，报复冤仇，享受着这小朝廷的大臣们的最高权威。过一天，算一天。一点不担心什么。

但，像黄河决了口似的，没等到黄得功的回防，清廷的铁骑，已经澎湃奔腾，疾驰南下。史可法和黄得功只好草草的在扬州附近布了防。

经不起略重的一击，黄得功第一战便死于阵上，扬州被攻破，史可法投江自杀。

这噩耗传到了南京，立刻起了一阵极大的骚乱。城内，每天家家户户都在纷纷攘攘，搬东移西，像一桶的泥鳅似的在绞乱着。已经有不逞的无赖子们在动乱，声言要抄劫奸臣恶官们的家产，烧毁他们的房屋。

阮府、马府的门上，不时，深夜有人去投石，在照墙上贴没头揭帖，说是定于某日来烧房，或是说，某日要来抢掠。

终日有兵队在那里防守，但兵士们的本身便是动乱分子里的一部分。纪律和秩序，渐渐的维持不住。

一夕数惊，说是清兵已经水陆并进，沿江而来。官府贴了安民的大布告，禁止迁居。但搬走的，逃到乡下去的，仍旧一天天的多起来，连城门口都被堵塞。

什么样的谣言都有，几乎一天之内，总有十几种不同的说法，可惊的又可喜的，时而恐慌，时而暂为宽怀。有的说，某处勤王兵已经到了。有的说，许定国原是诈降的，现在已经反正，并杀得清兵鼠窜北逃了。有的说，因了神兵助阵，某某义军大破北兵于某处。……但立刻，这一切喜讯便都被证明为伪造。北兵是一天天的走近了来，无人可抵挡。竟不设防，也竟无可调去设防的兵马。他们如入无人之地。劝降的檄文，雪片似的飞来，人心更为之摇动。

“看这情形，在北军没到之前，城内会有一场大劫呢。泼皮们是那样的骚动。”大铖担心的说。

士英苦着脸，悄悄的道，“刚从宫里出来，皇上有迁都之意。可还说不定向哪里迁。”

“可不是，向哪里迁呢？”

“总以逃出这座危城为第一着，他们都在料理行装。”

大铖还不想搬动。北兵入了城，他总以为自己是没有什么危险的。

“我们怎么办呢？随驾？留守？”士英向大铖眨眨眼。他是想借口随驾而溜回家乡去的。

“留守为上。我们还有不少兵，听说，江南的义军，风起云涌似的出来了，也尽够坚守一时。”大铖好像不明白他的意思似的说道。

士英走向他身旁，悄悄的道：“你，不知道么？我的兵是根本靠不住的。这两天，他们已经混入泼皮队里去了。逃难人的箱笼被劫的已经不少。还有公然白昼入民房打劫的。谁都不敢过问。我不能维持这都城的治安。……但北兵还不来……就在这几天，我们得小心……刚才当差的来说，有人在贴揭帖，说要聚众烧我们的宅子。南京住不下去了，还以早走为是。”

“难道几天工夫都没法维持么？”

“没有办法。可虑的是，泼皮们竟勾结了队伍要大干。”

大铖也有点惊慌起来，想不到局面已糟到如此。

留居的计划根本上动摇起来。

九

大铖回了家，抱琴哭丧着脸，给他一张揭帖。

“遍街贴着呢，我们的照壁上也有一张。说不定哪一天会出事。您老人家得想想法子。”

“坊卒管什么事的！让这些泼皮们这样胡闹！”大铖装着威风，厉声道。

“没有，劝阻不了他们。五爷去阻止了他们一会，吃了一下老大的拳头，吓得连忙逃回家。”

“不会撕下的么，没用的东西！”

“撕不净，遍街都是。早上刚从照壁撕下一张，鬼知道什么时候又有一张贴上去了。”

大铖心头有点冷；胸膛里有点发空。他只在书斋里低头的走，很艰难的挪动他那矮短的胖腿。

“您老人家得打打主意，”门上的老当差，阮伍，所谓五爷的，气呼呼的走进来叫道，“皇上的銮驾已经出城门去了！”

“什么！”大铖吃惊的抬头。“他们走了？”

“是的，马府那边也搬得一空了。小的刚才碰见他们那边的马升，他押着好几十车行李说，马爷骑着马，在前面走呢。”

他走前几步，低声的说：“禀老爷，得早早打主意。城里已经没了主。刚才在大街上碰见一班不三不四的小泼皮，有我们的仇人王福在里面，仿佛是会齐商量什么似的，我只听见‘裤裆子阮’的一句。王福见了我，向他们眨眨眼，便都不声不响了。有点不妙，老爷。难道真应了揭帖上的话？”

大铖不说什么，只挥一挥手。阮伍退了出来，刚走到门口。

“站住，有话告诉你。”

阮伍连忙垂手站住了。

“叫他们后边准备车辆。多预备些车辆。”

阮伍诺诺连声的走去。

大铖是一心的忙乱，叫道：“抱琴，”他正站在自己的身旁，“你看这书斋里有什么该收拾收拾的。”

“书呢？古玩呢？”

“都要！”

“怕一时归着不好。”

“快些动手，叫携书他们来帮你。”

“嗻！但是没有箱子好放呢，您老人家。”

书斋里实在太乱了，可带走的东西太多，不知怎样的拣选才好。

一大批他所爱的曲本，只好先抛弃下，那不是什么难得的。但宋版书和精钞的本子是都要随身带走的。还有他自己的写作，未刻成的，那几箱子的宋元的字画，那些宋窑，汉玉，周鼎，古镜，没有一样是舍弃得下的。他费了多少年的心力，培植得百十盆小盆景，没有一盆肯放下，但怎么能带着走呢？箱子备了不到五十只，都已装满书了。

“有的东西，不会用毡子布匹来包装么？蠢才！”

但实在一时收拾不了；什么都是丢不下的，但能够随身携带的实在太少了。收了这件，舍不下那件，选得这物，舍弃不掉那物。忙乱了半天，还是一团糟。从前搜括的时候，只嫌其少，现在却又嫌其太多了。

“北兵得什么时候到呢？”他忘形的问道。

“听说，沿途搜杀黄军，还得三五天才能进城，但安民告示已经有了。”抱琴道，“那上面还牵连爷，您老人家的事呢。”他无心的说。

“什么！”大铖的身子冷了半截。“怎么说的？”圆睁了双眼，狼狈得像被绑出去处刑似的。

“说是什么罪，小的不大清楚。只听人说北兵是来打倒奸贼，解民倒悬的，倒有人想着要迎接他们哩！”

大铖软瘫在一张太师椅上垂头不语。他明白，自己是成了政争的牺牲品了。众矢之的，万恶所归。没法辩解，不能剖释。最后的一条路，也被塞绝。

逃，匿姓隐名的逃到深山穷谷，只有这条路可走了。还须快。一迟疑，便要脱不得身。

挣扎起身子。精神奋发得多，匆匆向内宅跑去。

十

说是轻装，不带什么，却也有十来车的行李。大钺他自己更换了破旧的衣服，戴着凉帽，骑着一匹快走的毛驴，远远的离开车辆几十步路，装作平常逃难人似的走着。生怕有人注意。凉帽的檐几乎遮到眉头。

满街上都是人，哄哄乱乱的在跑，在窜，在搬运，像没有头的苍蝇似的，乱成一团，挤成一堆。几个不三不四的恶少年，站在街上，暗暗的探望。

“南门出了劫案呢，不能走了！”一堆人由南直往北奔，嘈杂杂的大嚷。

“抢的是谁？”

“马士英那家伙。有百十辆大车呢，满是金银珍宝，全给土匪抢光了，只逃走了他。”

“痛快！天有眼睛！”途人祷告似的这样说。

吓得大铖的车辆再不敢往南奔。回转来，向西走。车辆人马挤塞住了。好容易才拐过弯来。

一阵火光，冲天而上。远远的有呐喊声。

“哈，哈，”一个人带笑的奔过，“马士英家着火了！”

大铖感到一阵的晕眩，头壳里嗡嗡作响，身子是麻木冰冷的。

他必定要同马士英同运，这，在他是明了得像太阳光一般的前途。

火光更大，有黑灰满街上飞。

“这是烧掉的绸缎布匹呢，那黑灰还带着些彩纹，不曾烧尽。”

又是一阵的更细的黑灰，飘飘拂拂的飞扬在天空。一张大的灰，还未化尽，在那里蝴蝶似的慢慢的向下翻飞。大铖在驴上一眼望过去，仿佛像是一条大龙的身段。他明白，那必是悬挂在中堂的那幅徽宗皇帝的墨龙遭到劫运了。

一阵心痛。有种说不出的凄凉意味。

呐喊的声音远远的传来。怕事的都躲在人家屋檐下，或走入冷巷里去。商铺都上了板门。大铖也把毛驴带入巷口。

无数的少年们在奔，在喊，像千军万马的疾驰过去。有的铁板似的脸，有的还在笑，在骂，在打闹，但都足不停步的奔跑着。

“到裤裆子阮家去啊！”

宏大的不断的声音这么喊着，那群众的队伍直向裤裆子那条巷奔去。

大铖又感到一阵凉麻，知道自己的家是丧失定了。他的书斋里，那一大批的词曲，有不少秘本，原稿本，龙友屡次向他借钞，而他吝啬不给的，如今是都将失去了。半生辛苦所培植的小盆景。……真堪痛心！乃竟将被他们一朝毁坏！唐宋古磁，还有那一大批的宋元人的文集，以及国朝人的许多诗文集，也竟将全部失去！文献无征！可怕的毁灭！他但愿被抢去，被劫走，还可以保存在人间……但不该放一把火烧掉呵！……

“啊，不好。”他想起了：客厅里挂的那几幅赵孟頫的马，倪云林的小景，文与可的竹，苏东坡的墨迹，都来不及收下。该死，他竟忘记了它们！如今也在劫数之中！还有，还有，……一切的珍品，都逐一的在他脑里显现出来，仿佛都在那里争诉自己的不幸，在那里责骂他这收藏者，辜负所托！

“但愿被抢，不可放火！”他呢喃的祈祷似的低念着万一的希望！

又是隐约的一阵呐喊声，随风送了过来。

“阿弥陀佛，”一个路人念着佛，“裤裆子阮家也烧了！”

大铖吓得一跳，抬起头来，可不是，又是一支黑烟夹着火光，冲天而去。

眼前一阵乌黑，几乎堕下驴来。

“可惜给那小子走了！”巷口走过一个人说道。

“但他的行李车也给截留了。光光的一个身子逃走也没用。一生搜括，原只为别人看管一时。做奸臣的哪有好下场！”

大铖这时才注意到，他的行李车辆，并不曾跟他同来。不知在什么时候竟相失了。

一身的空虚，一心的空虚，像生了一场大病似的，他软瘫瘫的伏在驴上，慢慢的走到水西门。不知走向什么地方去的好。

1934 年 9 月 29 日写毕

黄公俊之最后

最痛有人甘婢仆，可怜无界别华彝！
世上事情如转烛，人间哀乐苦回轮。
周公王莽谁真假？彭祖颜回等渺茫。
凡物有生皆有灭，此身非幻亦非真。
纲常万古恶作剧，霹雳青天笑煞人。[①]

——黄公俊作

一

铁栅的疏影，被夕阳的余光倒映在地上，好像画在地上的金红色的格子。是栅中人在一天中所见的唯一的红光。

江南地方，五六月的天气，终月泛着潮。当足踏在这五尺

① 这篇不是一首完整的诗，只是摘句。

见方的铁栅的地上时，湿腻腻的怪不舒服。

靠墙边，立着一只矮的木床，只是以几块木板，两条板凳架立了起来的。为了地上潮腻，黄公俊只好终日的拳坐在板床上，双足踏在板沿，便不由得不习惯他的成了抱膝的姿态。

门外卫士们沉默的站着岗，肩扛着铁枪，枪环铿铿的在作响。间或飘进来一两声重浊的湖南的乡音，听来觉得怪亲切的。

仅在夕阳快要沉落在西方的时候，铁栅里，方才有些生气。这时栅中反比白昼明亮。他间或把那双放在床脚的厚草席下的古旧而污损的鞋子取了出来，套在无袜的光脚上，在地上松动松动。为了久坐，腰有点酸，伸直了全身。在踱方步，像被槛闭在笼中的狮或虎，微仰着头颅，挺着胸脯，来回的走着，极快的便转过身，为的只是五尺见方的一个狭的栅。外面卫士们的刀环枪环在铿铿的作响。

这是他从小便习惯了的。他祖父，他父亲都在饭后便到厅前廊下散步。东行到廓的尽处，再回头向西走。刻板似的，饭后必定得走三十多趟。

“会消食的，有益于身体。”祖代，父代，这样悬训的说。

他十岁的时候，便也开始刻板的在练习踱方步。自西向东走，再自东向西走；微仰着头颅，挺着胸脯。有时，祖孙三代，兵士们似的，一排在同走。父亲总让祖父在前一二步。他年幼，足步短，天然的便急走也更要落后些。

每一块砖纹都记认得出，每一砖接缝的地方的式样也都熟识。廊上梁间的燕巢和不时的探头出窥的黄口的小燕，也都刻板似的按时出现。

他们默默不响的在踱着方步。一前一后的，祖孙三代。

廊下天井里种的两株梧桐树。花开，子结，叶落，也刻板似的按时序变换着。春天到了，一株海棠，怒红了脸似的，满挂着红艳的花朵，映照得人添喜色。天井的东北方，年年是二十多盆菊花的排置的所在。中央是一个大缸，黄釉凸花的，已不知有多少年代了，显得有点古铜色，年年是圆的荷叶和红的荷花向上滋长。

砖隙的泥地上，年年是洒下了凤仙花的细子；不知什么时候，便长出了红的白的凤仙。女人们吵吵嚷嚷的在争着采那花朵，捣烂了染指甲。

刻板似的生活，不变，不动。闭了目便可想象得到那一切事物的顺序和地位。

有了“小大人”之称的他，随了祖与父在廊下，在饭后，终年，终月的在踱方步。

机械式的散步，是唯一的使他杀灭了奔驰的幻想的时间，“小大人”的他，在书塾，或在卧室，那可怖的幻想，永远的灭不去。只有散步时，方把那永远追随着他的那阴影，暂时的放逐开。

那可怖的阴影是使他想起了便愤怒而焦思的。

他的家庭是一个小田主的家庭，原来只是流犯，为了几代的克勤克俭，由长工而爬上了田主的地位。在祖父的幼年，便开始读了书。但八股文的那块敲门砖，永远不能使他敲得开仕宦之门。

三十岁上便灰了心。有薄田可耕，不用愁到温饱的问题。他便任意的在博览杂书。

他在这里是一个孤姓独户，全部黄姓的嫡系，不上二十多人。什么时候才犯罪而被流放在这卑湿的长沙的呢？

这他不明了。但在他父亲断气的前一刻，却遗留给他一个严包密裹的布袱，打开了看时，他才明白他祖先的痛苦的以血书写的历史。

这黄姓，是因了一次的反抗清廷的变乱，在台湾被俘获而流放到这湖南省会的。不知被任意的屠戮了多少人，但这黄姓的祖，却巧于为他自己辩护，说是胁从，方才减轻其罪，流放于此。

好几代的自安于愚昧与苦作。

但黄公俊的祖父，他开始读了书。像一般读书人似的，他按部就班的要将八股型的才学，“货与帝王家”。

灰了心，受了父死的刺激，又不意的读到了血写的家庭的历史，把他整个的换成了另一个人。

他甘心守家园，做一个不被卷人罪恶窝的隐逸之士。

他见到儿子的出生、长成、结婚、生子，他见到他孙子的出生、长成。

他给他们以教育。但不让他们去提考篮，赶岁考，说是年纪太轻。但够了年龄的时候，又说，读书不成器，要使他们改行。其实，只是消极的反抗。

他把那血写的家庭的历史，交给了他儿子，当他懂得人事的时候，同样的也交给了他孙子。

祖孙三代这样的相守着．不求闻达，只是做着小田主。并没有什么雄心大志，只是以消极的憎恶，来表示他们的复仇。

明末的许多痛史，在其中，有许多成了禁书的，这黄姓的三代，搜罗得不少，成了一个小小的史籍的文库。

当深夜，在红晕的豆油灯下，翻阅着《扬州十日记》《嘉定屠城记》那一类的可怖而刺激的记事，他们的心是怦怦的鼓跳着。

感情每被挑拨了起来，红了脸，握拳击桌。但四周围是重重叠叠的酣睡的人们。

只是叹了口气便了。但更坚定了他们不去提考篮的心。

而长沙城驻防的旗军的跋扈与过分优裕的生活，更把那铁般的事实，被压迫的实况，表现得十足，永远在提醒他们那祖先的喋血的被屠杀的经过。

强悍的长沙少年们，时被旗军侮辱着，打一掌，或踢一足；经过旗营时的无端被孩子们的辱骂与抛砖石，更是常事。

愤火也中烧着；但传统的统治的权威抑止了他们的反抗。

“妈的！”少年们骂着，握紧了拳头，但望了望四周围，他们不得不放下了拳，颓丧的走了开去。

在这样的空气里，黄公俊早熟的长大了，受到了过分的可怖的刺激。

憧憧的被屠杀的阴灵们，仿佛不绝的往来于他梦境中。有时被魇似的做着自己也在被屠之列而挣扎不脱的噩梦，而大叫的惊醒。

他觉得自己有些易感与脆弱，但祖先的强悍的反抗的精神还坚固的遗传着。

他身体并不健好，常是三灾两病的。矮矮的身材，瘦削的肩，细小的头颅。但遗传的反抗的精神，给予他以一种坚定而强固的意志与热烈而不涸的热情。

微仰着的头颅，挺出的胸脯，炯炯有神的眼光，足够表现出他是一个有志的少年。

但四周围，重重叠叠的是沉酣的昏睡的空气。除了洁身自好的，以不入罪恶圈，不提考篮，作为消极的反抗的表示外，一切是像抱着微温的火种的灰堆，难能燃起熊熊的火。

仅在幻梦里，间或做着兴复故国的梦。

但那故国实在是太渺茫了，太辽远了；二百年前的古旧的江山，只剩下模糊的轮廓。

天下滔滔，有无可与语的沉痛！

“等候”变成了颓唐与灰心。

他们，祖与孙的三代，是“等候”得太久了。

二

灰堆里的火种终于熊熊的燃起光芒万丈的红焰。

这红焰从广西金田的一个荒僻的所在冲射到天空，像焰火似的幻化成千千万万的光彩，四面的乱洒。

这星星之火，蔓延成了数千万顷的大森林的火灾。这火灾由金田四向的蔓延出来。蔓延到湖南。

兴复故国的呼号已不是幻梦而是真实的狂叫的口号了。

忠直而朴实，重厚而勇敢，固执而坚贞的湖南人，也已有些听到了这呼号，被他们所感化，而起来与之相呼应的了。

蠢蠢欲动，仿佛有什么大变乱要来。

长沙，那繁华的省会，是风声鹤唳，一日数惊。

说是奸细，一天总有几个少年被绑去斩首。

惶惶的，左右邻都像被烤在急火上的蚂蚁似的，不晓得怎么办好。

“只是听天由命罢了。”老太太们合掌的叹息道。

周秀才，黄家的对邻，整日的皱紧了眉头，不言不语，仿佛有什么心事。

曾乡绅的家里，进进出出，不停的人来人往。所来的都是赫赫有名的绅士们，还有几个省当局，像藩臬诸司。最后，连巡抚大人他自己也来了。

空气很严肃，并不怎么热闹，也没有官场酬酢的寻常排场。默默的，宾主连当差们，都一脸的素色。

仿佛有什么大事要发生。

黄公俊的家，便在曾乡绅的同巷。为了他祖父曾经青过一衿，他父子又是读书的，故也被列入“绅”的一群里。

但他的心却煮沸着完全不同的意识与欲望。

他是天天盼望着这大火立刻延烧到整个中国的；至少，得先把这罪恶的长沙毁灭个干净，以血和刀来洗清它。

曾国藩，原来也只是农人的儿子，却读了几句书，巴结上了“皇上”，出卖了自己，接连的，中省试，中会试，点了翰林，不多几年，便俨然的挤入了缙绅大夫之林。

一身的道学气，方巾气，学做谨慎小心的样子：拜了倭仁做老师，更显得自己是道统表上的候补的一员了。

“天下太平，该为皇家出点力，才不辜负历圣的深恩厚泽！”这是老挂在嘴上的劝告年轻人的话。

“只要读八股文，这敲门砖只要一拿到手，敲开了门，那你便可以展布你的经略了。不是我多话，俊哥，看在多年的乡邻面上，我劝你得赴考，得多练字，得多读名家闱墨。明知八股文无用，但为了自己的前程，却不能不先搞通了它，你那位老伯，说句不客气的话，也实在太执拗了，自己终身不考，也不叫你去考，这成话么？我们读书的人，都得为皇家出力，庶能显亲扬名，有闻于后世。”

黄公俊默默不言，也不便驳他，实在有点怕和他相见。他是摆足了绅士的前辈的架子，和前几年穿着破蓝衫，提着旧考篮的狼狈样儿迥乎不同。

在那出入于曾府的绅士的群里，黄公俊是久已不去参加的了，除非有不得不到的酬酢。

而于这危机四伏、天天讨论机密大事的当儿，黄公俊是挤不进其中的。但他却爱探知那民族英雄，恐怖的中心，洪秀全的消息。他是那样的热心，几乎每逢曾府客散，便跑到那里去找曾九，国荃——国藩的弟，向他打听什么。

“有消息么？”

曾九皱着眉，漫长的吁了一口气，说道：“还会有什么好消息！不快到衡阳了么？我们是做定牺牲者了。”

“听说是‘仁义之师’呢！”公俊试探的不经意的问。

曾九吓了一跳，“这是叛逆的话呢，俊哥，亏得是我听见。快别再听市井无赖们的瞎扯了。一群流寇，真的，一群流寇。听说他们专和读书人作对呢，到一处，杀一处秀才、绅士；说是什么汉奸，还烧毁了孔庙。未有的大劫运，大劫运！我们至少得替皇上出力，替读书人争面子，替圣人保全万古不灭的纲常与圣教！”他说得有点激昂。

公俊笑了笑，不说什么。沉默了一会。

“未必是读书人都杀吧？”

“不，都杀！都杀！可怕极了！有几亩田的，也都被当做土豪、地主、乡绅，拿去斫了。可怕！你不是认识刘纪刚么？他在浏阳便被洪贼捉去，抽筋剥皮呢！哀号的干叫了几天才断气！可怕极了！他的田都被分给穷人了，都分了。这是他逃出的一个侄儿亲眼看见的。他对我说，还流着泪，千真万确！得救救我们自己！”

公俊皱皱眉。

“是穷人们翻身报怨的时候了！我们至少得救救自己。”曾九说，他把坐椅移近了些，放低了声音，“大哥和罗泽南们正预备招练乡兵抗贼呢。俊哥呀，这消息很秘密，不是自己人决不告诉你。但你也得尽点力呢，这是我们自己的事，保护自己的产业！”

“……”

“而且，你不知道么？那洪贼，到一处，掘一处的墓，烧一处的宗祠，捣毁一处的庙宇。他们拜邪教呢：什么天父天兄的，诡异百出，诱惑良民，男女不分，伦常扫地。对于这种逆贼叛徒，千古未有的穷凶极恶，集张角、黄巢、李闯、张献忠于一身的，我们读书人，还不该为皇上出点力么？”

公俊心里想：“还不是为了自己的功名财产打算！”但觉得无话可说，便站起身来。

“改日再谈。”

“得尽点力，俊哥。是我们献身皇家的最好机会呢。”曾九送他到门外，这样的叮嘱。

他点点头。

三

有点儿懊丧。这打着民族复兴的大旗的义师，果真是这样的残暴无人理么？真的专和读书人作对么？

说是崇拜天主，那也没有什么。毁烧庙宇，打倒佛道，原也未可厚非。

只不信：果真是李闯、张献忠、黄巢、张角的化身吗？要仅是崇信邪教的草寇，怕不能那么快的便得到天下的响应，便吸收得住人心吧。

民族复兴的运动的主持者，必定会和平常的流寇叛贼，规模不同的。

难得其真相。

绅士们的口，是一味儿的传布着恐怖与侮蔑。

黄公俊仿佛听到一位绅士在吟味着洪秀全檄文里的数语："夫天下者，中国之天下，非满洲之天下也。……故胡虏之世仇。在所必报，共奋义怒，歼此丑夷，恢复旧疆，不留余孽。是则天理之公，好恶之正。"还摇头摆脑的说他颇合于古文义法。

他觉得这便是一道光明，他所久待的光明。写了这样堂堂正正的檄文，决不会是什么草寇。

绅士们的奔走、呼号、要求编练乡勇，以抵抗这民族复兴的运动，其实，打开天窗说亮话，只是要保护他们那一阶级的自身的利益而已。

他也想大声疾呼的劝乡民不要上绅士的当，自己人去打自己人。

他想站立在通衢口上，叫道："他们是仁义之师呢，不必恐慌。绅士们在欺骗你们，要你们去死，去为了保护他们的利益而死。犯不上！更不该的是，反替我们的压迫者，我们的世仇去作战！诸位难道竟不知道我们这二百年来所受的是什么样子的痛苦！那旗营，摆在这里，便是一个显例。诸位都是身经的……难道……"手摇挥着，几成了真实的在演说的姿势。

但他不能对一个人说；空自郁闷、兴奋、疑虑、沸腾着热血。渴想做点什么，但他和洪军之间，找不到一点联络的线索。

后街上住的陈麻皮，那无赖，向来公俊颇赏识其豪爽的，突然不见了。纷纷藉藉的传说，说是他已投向洪军了，要做向导。

接连的，卖肉的王屠、挑水的胡阿二，也都失踪了。凡是市井上的泼皮们，颇有肃清之概。

据说，官厅也正贴出煌煌的告示在捕捉他们。东门里的曹狗子不知的被县衙门的隶役捉去，打得好苦，还上了夹棍，也招不出什么来。但第二天清早，便糊里糊涂的绑出去杀了。西门的伍二、刘七也都同样的做了牺牲者。

虽没有嫌疑，而平日和官衙里结上了些冤仇的，都有危险。聪明点的都躲藏了起来。

公俊左邻的王老头儿，是卖豆腐浆的，他有个儿子，阿虎，也是地方上著名的泼皮，这几天藏着不出去。但老在不平的骂。

“他妈的！有我们穷人翻身的时候！”他捏紧了拳头，在击臬。公俊恰恰踱进了他的门限。王老头儿的儿子阿虎连忙缩住了口，站起来招呼，仿佛当他是另一种人，那绅士的一行列里的人。

他预警着有什么危险和不幸。

但公俊客气的和他点头，随坐了下来。

“虎哥，有什么消息？”

阿虎有点心慌，连忙道：“我不知道，老没有出过门。”

“如果来了，不是和老百姓们有些好处么？”

“………”阿虎慌得涨红了脸。

“对过烧饼铺的顾子龙，不是去投了他们么？还有陈麻皮。听说去的人不少呢。”

“我……不知……道，黄先生！老没有出门。”声音有点发抖。

公俊恳挚的说道：“我不是来向你探听什么的。我不是他们那一批绅士中的一个。我是同情于这个杀鞑子的运动的，我们是等候得那么久了……那么久了！”头微向上仰，在幻梦似的近于独语，眼睛里有点泪珠在转动。

阿虎觉得有点诧异，细细的在打量他。

瘦削的身材，矮矮的个子，炯炯有神的双眼，脸上是一副那末坚定的、赴义的、恳挚的表情。

做了十多年的邻里，他没有明白过这位读书人。他总以为读书人，田主，总不会和他们粗人是一类。为什么他突然的也说起那种话来呢？

“没有一个人可告诉，郁闷得太久了……祖父，父亲……他们只要在世看见，听到这兴复祖国的呼号呀……该多么高兴！阿虎哥，不要见外，我也不怕你，我知道你是说一是一的好汉子。咱们是一道的，唉，阿虎哥。那一批绅士们，吃得胖胖的，出卖了自己的灵魂和民族的利益，猪狗般的匍伏在鞑子们的面前，过一天是一天的，……但太久了，太久了，过的是二百多年了！还不该翻个身！”

于是他愤愤的第一次把他的心敞开给别人看，第一次把他的家庭的血写的历史说给别人听，他还描状着明季的那可怕的残杀的痛苦。

阿虎不曾听见过这些话。他是一个有血气的少年，正和其他无数的长沙的少年们一样。他是嫉视着那些驻防的鞑子兵的；他被劳苦的生活所压迫，连从容吐一口气的工夫都没有。他父亲一年到头的忙着，天没有亮就起来，挑了担，到豆腐店里，批了豆腐浆去转卖，长街短巷，唤破了喉咙，只够两口子的温饱。阿虎，虽是独子，却很早的便不能不谋自立。空有一身的膂力，其初是做挑水夫，间也做轿夫，替绅士们作马牛，在街上飞快的跑。为了他脾气坏，不大逊顺，连这工作都不长久。没有一个绅士的家，愿意雇他的。只好流落了，什么短工都做。有一顿没一顿的。没了时，只好向他年老的父亲家里去坐吃。父亲叹了一口气，没说什么。母亲整日的放长了脸，尖了嘴。阿虎什么都明白，但是为了饥饿。没法，他憋着一肚子的怨气。难道穷人们便永远没有翻身的时候了？他也在等候着，为了自己的切身的衣食问题。

一把野火从金田烧了起来。说是杀鞑子，又说是杀贪官污吏，杀绅士。这对了阿虎的劲儿，他喜欢得跳了起来。

"也有我们穷人翻身的时候了！"

他第一便想抢曾乡绅的家，那暴发的绅士，假仁假义的，好不可恶！鞑子营也该踏个平。十次抬轿经过，总有九次被辱，被骂。有一次抬着新娘的轿，旗籍浪子们包围了来，非要他们把轿子放下，让他们掀开密包的轿帘，看看新嫁娘的模样儿不可。阿虎的血往上冲，便想发作。但四个轿夫，除了他，谁肯吃眼前亏。便只好把怨气往回咽下去。他气得一天不曾吃饭。

报怨的时候终于到了！该把他们踏个平！穷人们该翻个身！

他只是模模糊糊的认得这革命运动的意义，他并不明白什么过去的事。只知道：这是切身的问题。对于自己有利益的。这已足够鼓动他的勇气了。

太平军，这三字对他有点亲切。该放下了一切，去投向他们。陈麻皮们已在蠢蠢欲动了。

还有什么可牵挂的？父母年纪已老，但谁也管不了谁，他们自己会挣吃的。他去了，反少了一口吃闲饭的。光棍的一身，乡里所嫉视的泼皮，还不挣点面子给他们看看！

他想来，这冒险的从军是值得做的。这是他，他们，报怨，翻身的最好的机会。

他仿佛记得小时候听人说过什么，“将相本无种，男儿当自强”的话，他很受感动。

他下了个决心，便去找陈麻皮。麻皮家里已有些不伶不俐的少年们在那里，窃窃纷纷的在议论着。

“正想找你去呢，你来得刚巧！”麻皮道。

“麻皮哥，该做点事才对呢，外头风声紧啦。”阿虎道。

麻皮笑了，俯在他的耳旁，低低的说道：“阿虎哥，有我呢。洪王那边已经派人来了。大军不日就到，要我们做内应。不过，要小心，别漏出风声，听说防得很严紧。”

阿虎走出麻皮的门时，一身的轻松，飘飘的像生了双翼，飞在云中，走路有点浮。过分的兴奋与快乐。

但不知怎样的，第二天，这消息便被泄漏了。麻皮逃得不知去向，他的屋也被封了。捉了几个人，都杀了。

联络线完全的断绝，阿虎不敢走出家门一步。

天天在郁闷和危险中过生活，想逃，却没有路费。

黄公俊的不意的降临，却开发了他一条生路。听见了许多未之前闻的故事和见解，更坚定了他跟从太平军的决心。他从不曾想到，读书人之间，也会对于这叛乱同情的。

“但，黄先生，不瞒您老说，我也是向着那边的。太平王有过人来说，……不是您老我肯供出这杀头的事么？……可惜，这消息不知被哪个天杀的去通知衙门里人。陈麻皮逃了，不知去向。……现在只好躲在家里等死！”说着，有点黯然。

“怕什么，阿虎哥！要走，还不容易。明天，我也要走，雇了你们抬轿，不是一同出了城么？”

阿虎又看见前面的一条光明。

四

闯出了鬼魅横行的长沙城。黄公俊和他的从者王阿虎，都感到痛快、高兴。打发了别个轿夫回城之后（阿虎假装腿痛，说走不了；轿子另雇一个人抬进去的），他们站在城外的土山上。

茫茫的荒郊，乱冢不平的突起于地面。野草已显得有点焦黄色，远树如哨兵般的零落的站着。

远远的长沙城，长蛇似的被笼罩在将午的太阳光中。城中的高塔，孤寂的耸在天空。几缕白云，懒懒的驰过塔尖旁。

静寂、荒凉、严肃。

公俊半晌不语，头微侧着，若有所思。

“黄先生。到底向哪里走呢？”

公俊从默思里醒过来。

茫茫的荒原，他们向哪里去呢？长沙城是闯出来了，但要向南去么？迎着太平军的来路而去么？还是等候在这里？

“但你和他们别了的时候，有没有通知你接头的地方，阿虎哥？”

若从梦中醒来，阿虎失声说：“该死，该死，我简直闹得昏了！”用拳敲打自己的头，“麻皮说过的，城里是他家，现在自然是被破获了，没法想；城外，说是周家店，找周老三。那胖胖的老板。”

“得先去找他才有办法。”

周家店在南门外三里的一个镇上，是向南去的过往必由之路，他们便向南门走。

几只燕子斜飞的掠过他们的头上，太阳光暖洋洋的晒着，已没有盛夏的威力了。

过了一道河。河水被太阳射得金光闪烁，若千万金色的鱼鳞在闪动。

远远的河面上，有帆影出现，但像剪贴在天边的蓝纸上似的。不动一步，洁白巧致得可爱。

陈麻皮恰在这店里。他见阿虎导了一位穿长衫的人来，吓得一跳。

“你该认得我，陈哥。”公俊笑着说。

“阿呀，我说是谁呢？是黄先生！快请进来，快请进来！您老怎样会和阿虎哥走在一道了？”

公俊笑了笑，“如今是走在一道了。”

麻皮，那好汉，有点惶惑。他是尊重公俊的，看他没有一点读书人的架子，能够了解粗人穷人的心情，也轻财好施。但他以为，读书人总归是走在他们自己那条道上的，和自己是不同的，永不曾想到他是会在这一边的。而且，太平军的来人，吴子挥，也再三的对他说道：“凡读书人都是妖。他们都是在满妖的一边的，得仔细的提防着。”他在城里时，打听得曾氏正在招练乡勇，预备和太平军打，这更坚了“凡读书人都是妖”的信念。

难道黄公俊是和阿虎偶然的同道走着的么？他到这里来有什么事？阿虎也太粗心，怎么把他引上门来？

但阿虎朗朗的说道：“麻皮哥，快活，快活！黄先生与我们是一道儿了！”

麻皮还有些糊涂。

“不用疑心。我明白你们都当我是外人，但我能够剖出心来给你们看，我是在太平军的一边的！”

于是他便滔滔的说着自己的故事和意念，麻皮且听且点头。

他喜欢得跳了起来，忘了形，双手握着公俊的瘦小的手，摇撼着，叫道：“我的爷，这真是想不到的！唉！早不说个明白！要是您老早点和我们说个明白。城里的事也不会糟到这样。如今是城里的人个个都奔散了，一时集不拢，还有给妖贼斫了的。”

“读书人也不见得便都卖身给妖，听说，太平军见了读书人便杀，有这事么？”

“没有的话！不过太平王见得读书人靠不住，吩咐多多提防着罢了。”

“掘墓烧祠堂的事呢？”

“那也是说谎。烧庙打佛像是有的，太平王是天的儿子呢。他信的是天父、天兄，我们也信的是。不该拜泥菩萨。您老没看见太平王的檄文吧。”他便赶快的到了后房，取了一张告谕出来。

“喏，喏，这便是太平王的诏告，上面都写的有，我也不大懂。”

公俊明白这是劝人来归的诏告，写得异常的沉痛，切实，感人。读到：“慨自明季凌夷。满虏肆逆，乘衅窃人中国，盗窃神器。而当时官兵人民未能共奋义勇，驱逐出境，扫清羶秽，反致低首下心，为其臣仆。”觉得句句都是他所要说的。“遂亦窃据我土地，毁乱我冠裳，改易我制服，败坏我伦常；削发剃须，污我尧、舜、禹、汤之貌，卖官鬻爵，屈我伊、周、孔、孟之徒。”这几句，更打动了他的心。

他的怀疑整个的冰释，那批绅士们所流布的恐怖和侮蔑是无根的，是卑鄙得可怜的。

还不该去做太平军的一个马前走卒，伸一伸久郁的闷气么？他们是正合于他理想的一个革命。

虽然天父、天兄，讲道理、说教义的那一套，显得火辣辣的和他的习惯相去太远。但他相信。那是小节道。他也并不是什么顽固的孔教徒，这牺牲是并不大。民族革命的过度的刺激和兴奋使他丧失了所有的故我。

“呵，梦境的实现，江山的恢复，汉代衣冠的复见！”公俊头颅微仰着天，自语的说道。

“太平王的诏谕，不说得很明白么，您老？”麻皮担心的问。

“感动极了！读了这而不动心的，‘非人也！’”

“城里也散发了不少呢！不知别的乡绅老爷们有看见的没有？”

“怎么没有，我还听见他们在吟诵着呢。不过，说实话，我们该做点事。听说曾乡绅在招收乡勇，编练民团呢。说是抵抗太平军。得想法子叫老百姓们别上当才好。”

“我也听得这风声了，”麻皮道，“有法子叫老百姓们不去没有？”

“这只有两个法子，第一，是太平军急速的开来，给他们个不及准备；第二，是向老百姓们鼓动，拒绝加进去，要他们投太平军。”

“但太平军还远得很呢，”麻皮低声道，“大军集合在南路的有好几十万，一时恐怕来不了。”

“那末，老百姓们怎么样呢？”

麻皮叹了口气，“只顾眼前，他们只要保得自家生命财产平安。说练团保乡，他们是踊跃的；说投太平军，他们便说是造反要灭族，便不高兴干。”

公俊黯然的，无话可说。

“也不是没有对他们说太平军的好处，妖军的作恶害人。他们只是懒得动弹。并且，妖探到处都是。一不小心，就会被逮了去。曹狗子、刘七、伍二都是派出去说给老百姓们听的，话还不曾说得明白，就被逮了去斫了。”

公俊住在湖南好几代了，自己的气质也有点湖南化，他最明白湖南人。

湖南人是勇敢的，固执的。他们不动的时候，是如泰山般的稳固，春日西湖般的平静，一旦被触怒了时，便要像海啸似的，波翻浪涌，一动而不可止。他们是守旧的，顽固的，又是最维新的，又是最前进的；有了信仰的时候，就死抱住了信仰不放。

他们是最勇敢的先锋，也是最好的信徒，最忠实的跟从者。但被欺骗了去时，像曾氏用甘言蜜语，保护桑梓，反抗掘墓烧庙的一套话，去欺骗他们的时候。他们却也会真心的相信那一套话，而甘愿为其利用。

而那批乡绅们，为了传统的势力，在乡村里是具有很大的号召力和诱惑力的。难保忠厚、固执、短见、无知的农民们不被他们拉了去，利用了去。

可忧虑之点便在此。

公俊看出了前途的暗淡。

难道真的再要演一套吴三桂式的自己兄弟们打自己兄弟们的把戏，而给敌人们以坐收渔翁之利的机会么？

把农民们争取过来。但这是可能的么？

他们的力量是这么薄弱。

“还是设法到太平军里去报告这事吧。”

公俊点点头，不语。

五

太平军给黄公俊以很好的印象，同时也给他以很大的刺激。像久处在暗室的人，突然的见到了盛夏正午的太阳光，有些头眩脑晕，反而一时看不见一物。

满目的金光，满目的锦绣，满目的和妖军完全不同的装束，这是崭新的气象与人物！

天王的朝会的演讲与祷告，给公俊以极大的感动。他不是一个任何宗教的信徒，他具有中国读书人所特有的鄙夷宗教的气味儿。和尚们、道士们都只是吃饭的名目，以宗教的名色来混饭、来做买卖的。但他第一次见到有真正的宗教热忱的集会了，被感动得张口结舌，说不出话来。

他才开始明白：为什么这僻远的金田村的一位教主，能够招致了那末多的信徒，成就了不很小的事业的原因。这决不是偶然的侥幸。

他全心全意的，以满腔的热诚，参加于这个民族复兴的运动。以他的忠恳与坚定的认识，以他的耐劳与热烈的情感，不久便博得天王、翼王们的信任。

但湖南南部的战争总是持久下去，长沙城成了可望不可及的目标。

太平军不久便放弃了占领湖南的计划，越过了长沙城而一举攻下了武昌。

这震撼了整个中国！民众们如水的赴壑似的来归降，声势一天盛似一天。

太平军浩浩荡荡的由水陆而东下，占领了安庆、江苏、浙江、福建。南京成为太平天国的都城。

而同时，曾国藩、罗泽南辈编练乡勇的计划却也成了功。

如黄公俊之所虑的，忠厚、短见的湖南人果然被许多好听而有诱惑性的名辞，鼓动了他们的热情。

曾国藩辈初以保乡守土为名，而得到了拥护与成功，便更炽盛了他们的功名心，要想出乡“讨贼”。乡勇们不意的得到了过度的荣誉与鼓励，便也觉得抵抗太平军乃是他们的建立功名的机会，乃是他们的唯一的事业。

一批一批的无辜的清白的农民们便这样的被送出三湘而成就他们自己打自己的兄弟们的功业。

太平军遇到了这么强悍而新兴的生力军是绝对没有料到的事。满洲兵和一般妖军都是那么样脆薄，一击便粉碎。这时却碰到最强固的“敌人”了——而这“敌人”其实却是兄弟。

武昌被夺去，安庆被夺去了之后，天王召开了一次会议，专门讨论湘军的问题。黄公俊为了是湘人，熟悉湘事，也被召参加。

这时候，太平军吸引了过多的复杂的分子，初出发时的人物，不是阵亡，便成了名王大将，安富尊荣；而新加人的，没有主义，没有认识，只是为了功名富贵，强盗、土棍乃至妖军里的腐败分子和贪污的官吏们也都成了太平军中的主要的一部分人物，锐气和声誉在大减。

黄公俊看出了这腐化的倾向，很痛心，然而这是不可抗的趋势。宗教的热忱也渐减，每天的朝会，只是敷衍的情态，他没有法子进言。

外面的局势是一天天的坏，生龙活虎般的湘军是逐步的卷逼了来。

怎样对付湘军的问题，成了太平天国的焦虑的中心。

无结果，无办法的讨论，尽管延长下去。

“和湘军之间，有没有妥协的可能呢？”翼王道。

“怕不会有的吧？这战争成了湘军们的光荣与夸傲之资。要不狠狠的给他们以打击，是不会有结果的。”北王道。

“但生力军是从三湘的农民们之间不断的输送出来的呢。帮妖军来和我军作战，成了他们的唯一的事业，近来且还成了妖军的主力了呢。曾氏是那样的把握着湘军的全权，有举足轻重之势。”天王蹙额的说道。

“曾氏成了湘人信仰的中心，有办法使他放弃了帮妖的策划而和我军联盟么？——至少是不立在对抗的地位。”翼王道。

北王的眼光扫射过会堂一周。

“咱们这里湘人也不少呢，有法子找到联络的线索没有？”他说。

翼王把眼光停在黄公俊的身上。

“至少这自己兄弟们之间的残杀，必得立刻停止。”

停了一会，他又道：“必得立刻停止，无论用什么条件。”

大家都点头。

“谁去向曾氏致和议的条件呢？”北王道。

翼王的眼光，又停在黄公俊的身上。

公俊也明白，除了他，也没有第二人可去。但这使命实在太艰巨了，他知道决不会有什么结果。湘人是那样的固执而顽强，绝对不能突然转变过来的。

为了整个民族的前途，他却不怕冒任何的艰苦和牺牲，明知是死路一条，却总比停着不走好。

“我，为了天王和天国的前途，愿意冒这趟险。我最痛心的是自己兄弟们帮助了敌人在和自己的兄弟们战斗、相斫！曾氏乃是旧邻里，他的脾气，我知道的，不易说动。姑且以性命作为孤注去试试。万一能够用热情来感化他呢……不过条件是怎样？”

这又是一个困难的焦点。

经了许久的讨论，结果是，只要停止了自己兄弟们之间的战争，什么条件都可以承认，甚至曾军可以独立，占据几省，不受天国的管束，不信天教。但必须不打自己人，不帮助妖军。天国的一方面，还可以尽力的接济他。只要同盟并谅解便足够了。先打倒了满妖，其余的账，尽有日子清算。

公俊便带了这宽大的条件而去。

那一天，灰色的重雾弥漫了天空，惨白、厌闷、无聊、不快，太阳光被遮罩得半线不见。

渡过了长江，方才有一丝的晴意。

六

曾军的大营在安庆。经了几场的艰苦的争斗之后，如今，他的基础是稳固了。就地征取的赋税以及新兴的厘金之外，从湖北方面、北京方面都可以有充分的接济。在安庆争夺战时代所感到的危机，早已过去。

他，曾国藩，正进一步的在策划怎样的进窥金陵。那太平天国的天京，太平军的坚固的堡垒。他要把这不世的功业拥抱在自己的怀中。曾九，他的兄弟，是统率着最强悍的一支湘军的。其他的领袖们也都是乡里同窗和相得的乡绅们。接连的几次想不到的大胜利，更坚定了他的自信和对于功名的热心。他仿佛已经见到最后大胜利的金光是照射在他的一边。

太平军的将官们，信仰不坚的，归降于他的不少。他很明白太平军的弱点和军心的涣散。

为了要使功业逃不出曾氏的和湘人的门外，他便敞开着大营的门，招致一切的才士和文人，特别是三湘子弟们。

黄公俊的突然来临，最使他愕怪，惊喜。关于公俊的逃出长沙，跟从太平军，他是早已知道的，那流言曾传遍了长沙城。曾九最明白公俊的性情，他知道公俊的心，自己觉得有点惭愧，但绅士的自尊心抑止了他的向慕。

“有哪一天公俊会翻然归来才好。”曾九留恋的说。

“想不到他竟从了贼。不可救药！”国藩惋惜的说。

但在他们的心底，都有些细小的自愧的汗珠儿渗出。

而这时，公俊却终于来了。

他究竟为什么来呢？有何使命呢？将怎样的接待他才好呢？他是否还是属于太平军的一边呢？

国藩和他的幕客们踌躇窃议了很久，方才命人请他进来。

曾九这时不在大营，他在前方指挥作战。

公俊来到了大营。气象的严肃，和长沙城的曾府是大为不同。曾国藩，习惯于戎旅的生活，把握惯了发号施令的兵权，虽然面目是较前黧黑些，身体也较癯，但神采却凛凛若不可犯，迥非那一团的和蔼可亲的乡绅的态度了。

许多幕客们围坐在两旁，也有几个认识的乡绅在内。无数的刀出鞘，剑随身的弁目，紧跟在国藩的左右。

“黄公，你也到我这里来了？哈，哈。”还是他习惯的那一套虚伪的官场的笑。“请坐，请坐。”他站了起来让坐。“有何见教呢？听说是久在贼中，必定有重要的献策吧。”

公俊心里很难过。他后悔他的来。曾氏是永不会回头的，看那样子。良心已腐烂了的，任怎样也是不会被劝说的。

但他横了心，抱了牺牲的决心，昂昂然的并不客气的便坐上了客座。用锐利的眼转了一周。

“说话不用顾忌什么吧？曾老先生？”

国藩立刻明白了，他是那么聪锐的人。“那末，到小客厅里细谈吧。”他随即站了起来，让公俊先走。

只留下几个重要的最亲信的幕客们在旁。

“我是奉了天王的使命来的！”公俊站了起来虔心的说。

国藩的脸变了色。

“大夫无私交，何况贼使！要不看在邻里的面上，立刻便绑了出去。来！送客！第二次来，必杀无赦！”

冷若冰霜的，像在下军令。

公俊笑了，说道：“难道不能允许我把使命说完了么？这是两利的事。我们岂是敌国！”

国藩踌躇着。和坐在他最近的幕客，左宗棠，窃窃的谈了一会。回了座，便不再下逐客令。

脸上仍是严冷的可以刮下一层霜来。

“可不许说出不敬的话来！这里也无外人，尽管细谈。你老哥想不到还在那里为贼作伥！”

“贼！曾老先生，这话错了！堂堂正正的王师呢。天王是那样的勤政爱民！”

“别说这些混账话！有什么使命，且爽快的说吧。”

公俊又站了起来，虔敬的说道：“天王命令我到这里来传达：我们同是中国人，虽然信仰不同，但不该这样的互相残杀，徒然为妖所笑。彼此之间的战争，应该立刻停止！自己兄弟们之间的无谓的残杀是最可痛心，最可耻的！”

于是公俊便接着把停战的条件提了出来。最后说：

“这不过天王方面的希望，天王并无成见。曾老先生有无条件，尽管提出，以便转达，无不可商者，只要停止这场自己兄弟之间的残杀！”

这一场激昂而沉痛的话，悲切而近理的讲和，以公俊的热情而真诚的口调说出，国藩他自己也有些感动。

他曳长了脸，默默的不言。心里受了这不意的打击，滚油似的在沸、在滚、在翻腾、在起伏。他久已只认清了一条路走，乃是保村，结果却成就了意外的功名。他别无他肠，唯一的希望是以自己的力扑灭太平军，成就了自己的不世的功业。对于这，他绰有把握和成算在胸。

而这时，却有一个机会给他检阅反省他自己的行为。

长时间的沉默。终于下了决心的说：

“不可能的！势不可止！我和贼之间，没有什么可以谅解的，更说不到同盟。”

“……”

“食君之禄，忠君之事。万难中途停止讨贼，否则，将何以对我皇上付托之重？”

“啊，啊，曾老先生，既说到这里，要请恕我直言。你还做着忠君的迷梦么？谁是你的君？你的君是谁，请你仔细想想看？”

国藩连忙喝道：“闭口，不许说这混账话！否则，要下逐客令了！”

“这里是私谈，大约不至于被泄漏的吧？无须乎顾忌和恐慌。说实在话，曾老先生，我们做了二百多年的臣仆，还不足够么？为主为奴，决在你老先生今日的意向！你难道不明白我们汉族所受到的是怎样不平等，不自由的待遇么？你老先生在北廷已久，当详知其里面的情形。不打倒了胡虏，我们有生存的余地么？”他动了感情，泪花在眼上滚，忍不住的便流到脸上来。“你老先生该为二十多省的被压迫的同胞着想，该为无数万万被残杀的死去的祖先报仇！你老先生实在再不该昧了天良去帮妖！去杀我们自己的同胞，自己的兄弟们！”说到这里，他哀哀的大哭起来。

充满了凄凉的空气。沉默无语。

“而且，飞鸟尽，良弓藏，狡兔死，走狗烹，汉臣在虏朝建功立业的结果是怎样的？吴三桂、施烺、年羹尧……饶你恭顺万分，也还要皮里寻出骨头来。虏是可靠的么？”

“……”

“说是忠君，但忠虽是至高之品德，也须因人而施。忠于世仇，忠于胡虏，这能算是忠么？只是做走狗、做汉奸罢了。遗臭万年，还叫做什么忠！王彦章忠于贼温，荀攸忠于贼操。这是忠么？谁认他们为忠的？该知道戏里的人物吧，秦桧是忠于金兀术而在卖国的，王钦若是忠于辽萧后而欲除去杨家父子的。洪承畴为虏人的谋主而定下取中国的大计。他们也可算是忠臣么？为贼寇，为胡虏，为世仇而尽力，而残杀自己的同胞。反其名日忠君！唉唉，我，要为忠的这一个不祥的字痛哭！何去何从，为主为奴，该决于今日！天王为了民族复兴的前途，是抱着十二分的热忱，希望和曾老先生合作，以肃清胡虏的，在任何的条件底下合作！”公俊说得很激昂，双目露出未之前见的精光，略带苍白的瘦颊上，涨了红潮。

国藩在深思。心里乱得像在打鼓，一时回不出话来。

难堪的沉默，但只是极快的一瞬刻。

狂风在刮，屋顶像在撼动。窗扇和户口，在嘭嘭的响。窗外的梧桐树的大叶像在低昂得很厉害。

有什么大变动要发生。

浓云如墨汁般的泼倒在蓝天上，逐渐的罩满了整个天空。风刮得更大；黄豆似的雨点开始落了下来，打得屋顶簌簌的作响。

在极快的一瞬间，国藩便已打定了主意，他未尝不明白公俊的意思。但他怎样能转变呢？他所用以鼓励人心，把握军权的，是忠君，是杀贼；他所用作宣传的。是太平军的横暴，残杀和弃绝纲常，崇信邪教。假如他一旦突然的转变过去而和太平军握手，不会把他的立场整个丧失了么？他的军心不会动摇么？他的跟从者不会涣散去么？最重要的是他的军权，他的信仰，不会立刻被劫夺么？他将从九天之上跌落到九渊之下。何况，一部分的经济权也还被把握在满廷手上。李鸿章所统率的淮军，声势也还盛。他能够放弃了将成的勋业而冒灭族杀身的危险么？不！不！他绝对不能把将到口的肥肉放了下去。

他立即恢复了决心和威严。一声断喝道：

“快闭嘴，你这叛徒！这里是什么地方，容你来摇嘴弄舌！本帅虽素以宽大为怀，却容不得你这逆贼！来！”

外面立刻进来了八个弁目，雄赳赳的笔直的站在那里等待命令。

“把这逆贼绑去斫了！”

两个弁目便向公俊走来。公俊面不改色的站了起来。

“虽是贼使，不便斩他。斩了便没人传信了。且饶他这一次吧！”左宗棠求情的说道。

国藩厉声道：“死罪虽免，活罪难饶。打三百军棍，逐出！再看见他出现在这大营左近，立杀无赦！”

公俊微笑的被领出去，回头望着国藩道：“且等着看你这大汉奸的下场！”

国藩装作没听见。

七

太平军的军势，江河日下的衰颓下来。北王被杀，翼王则西走入川。只有东南的半壁江山，勉强的挣扎着。南京的围，急切不能解。江苏、浙江各地的战争也都居于不是有利的地位。上海那个小城，为欧洲人贸易之中心的，竟屡攻不下。

黄公俊感到异常灰心、失望。难道轰轰烈烈的民族复兴运动便这样的消沉、破灭、分崩下去么?

为什么天王起来得那么快。而正在发展的顶点，却反而又很快的表现衰征呢?

这很明白：太平军的兴起．不单是一种民族复兴运动，且也是一种经济斗争的运动。他们的最早的借以号召的檄文，便是这样的高叫道：

“天下贪官，甚于强盗；衙门酷吏，无异虎狼。即以钱粮一事而论，近加数倍。”

在农民们忍受着高压力而无可逃避的时候，这样的口号是最足以驱他们走上革命之路的。历来的革命或起义，多半是从吃大户，求免税开始的。太平军以这样的声势崛起于金田之后，沿途收集着无量数的逃租避税的良民和妒视大姓富户的各地方的泼皮们，军势自然是一天天浩大。但当战争日久，领兵者都成了肠肥脑满的富翁的时候，又为了军需，而不得不横征暴敛的时候，当许多新的大姓富户出现于各地，择人以噬的时候，农民们却不得不移其爱戴之心而表示出厌恶与反抗了。

公俊彻底了解这种情形，但他有什么方法去挽回这颓运呢？他的最早的同伴们，王阿虎早已阵亡了，陈麻皮、胡阿二辈都成了高级军官，养尊处优，俨然是新兴的富豪，而凶暴则有过于从前的乡绅和贪官酷吏。

公俊有什么办法去拯救他们呢？“滔滔者天下皆是也！”即使说服了一二人乃至数十百人，有救于大局么？

他失意的只在叹气。几次的想决然舍去，做着“披发入山，不问世事”的消极的自私的梦。

但不忍便把这半途而废，前功全弃的革命运动抛在脑后。他觉得自己不该那么自私。虽看出了命运的巨爪已经向他们伸出最后的把捉的姿势，却还不能不作最后的挣扎。

最有希望而握着实权的忠王李秀成，是比较可靠的。他还不曾染上太平军将士们的一般恶习。他也和公俊一样，已看出了这颓运的将临，这全局的不可幸免的崩溃，但为了良心和责任的驱使，却也不得不勉力和运命在作战。

公俊在朝中设法被遣调出去，加入忠王的幕中。忠王很信任他。

而不久，一个更大的打击来了；这决定太平军的最后的命运。

由于李鸿章的策动，清廷想利用英国的军官编练新式的洋枪队来平乱。

这消息给太平军以极大的冲动。

“该和妖军争这强有力的外援才对。”一个两个的幕客，都这样的向忠王献计。

“且许他们以什么优越的条件吧。他们之意在通商，我们如果答应了开辟若干渡口为商埠以及其他条件，他们必将舍妖而就我的。何况北方正在构衅呢！他们决不会甘心给妖利用的。”

忠王踌躇得很久，他和公俊在详细的策划着。

“一时固然可以成立一部有力的劲旅，且还可以充分的得到英、法新式枪弹的接济，但流弊是极多的，不可不防。”公俊说道。

“我也防到这一点。洋将是骄横之极的，他们无恶不作；且还每每对我军的行动横加干涉，使人不能忍受。法将白齐文的反复与骄纵，我军已是深受其害的了。”忠王道。

“所以，这生力军如果不善用之，恐怕还要贻祸于无穷。”

“如果利用了他们，即使成了功，还不是前门驱虎，后门进狼么？而通商和种种优越的条件——不知他们将开列出多少的苛刻的条件来呢？——的承认，也明白的等于卖国。我们正攻击满妖的出卖民族利益，我们还该去仿效他么？”

“只要站在公平的贸易和正式的雇兵的编制条件上，这事未始是不可考虑的。”

“但这是可能的么？昨日有密探来报告：满妖已经允许了洋教官以许多优待的条件；他们可以独立成为一军，不受任何上级主帅的指挥，他们是只听洋教官的命令与指挥的。”

“这当然是不可容忍的，不是破坏了军令的统一么？而况还有通商等等的政治的条件附带着！”

“恐怕这其间必有其他作用。密探报告说，洋教官的接受清妖的聘任，是曾经得到其本国政府的允许的。”

“必有什么阴谋在里面！”公俊叫道。

忠王道：“所以，我们不能出卖民族的利益，以博得一时的胜利。这事且搁下吧。好在他们的力量也还不大，不过几营人。即使战斗力不坏，也成不了什么大事。”

但这里议论未定的时候，那边已在开始编练常胜军了。这常胜军不久便显出很高的效力来。在英人戈登将军的指挥之下，他们解了上海之围，随即攻破了苏州，使太平军受到了极大的损失。

想不到，这常胜军会给他们以那么大的威胁。旧式的刀枪遇到了从欧洲输入的火器，只好丧气的被压伏。

几次的大败，太平军在江南的声威扫地以尽。军心更为动摇。南京的围困更无法可解。

天王的噩耗突然的传来，传说是服毒而死。

快逼近了黄昏的颓景，到处是灰暗、凄凉。

无可挽回的颓运。

公俊仿佛看见了运命的巨爪在向他伸出；那可怕的铁的巨爪，近了，更近了；就要向下攫去什么。

八

有最后的一线希望么？向谁屈服呢？在倒下去之前，他们还能挣扎一下么？还能鼓动一番风波么？

什么都可放弃，牺牲，只要这民族是能够自由，解放，不必成功于他们自己之手。

公俊把这意见和忠王说了。忠王正在徘徊、迟疑、灰心的时候，也觉得可以牺牲自己的一切而换得民族的自由。这原是他们的革命运动的最初和最终的目的；而永远阻隔在这运动的前途的，却是自己的兄弟们。

公俊有一着最后的棋子，久久握在手里，不肯放下去。死或活，便在这一着棋子上。

攻打太平军和围困南京城的主力，都是湘军。而湘军的主帅虽是曾国藩，其实权却全握在曾国荃——曾九的手上。

曾九和公俊有过相当的友谊，他知道公俊在太平军里，曾设法了好几次要招致他来归。那一次，公俊在安庆的游说，给他事后知道了，还颇懊悔不曾留下公俊来。

这是一个绝着。忠王极秘密的给公俊以全权，命他到曾九的大营里去，致太平军全军愿与他合作的消息，但只有一个条件：离开了满妖，自己组织汉族的朝廷。假如这条件能够成立，南京立刻便可以让渡给曾家军。

公俊又冒险而入曾九的营幕。

他的来临，使曾九过度的喜悦。他还不脱老友似的亲切态度。

“俊哥，你来得好。这几年来，想念得我好苦！我知道你在贼中一定不会得意的。这贼便将灭了；灭在我们湘人之手！俊哥，你想得到这么？你来到这里，把性命看得太儿戏了。好在谁都还不知道。要给大哥晓得，便糟了。但一切都有我，我可以庇护你。我担保你的安全。只要你，肯将贼中真相说出，我还可以设法保举你。我们是老友，什么话不能谈！你看我变了么？没有！还不脱书生本色呢。”曾九这样滔滔的说着，不免有点自负，显然是对故人夸耀他自己。

公俊是冷淡而悲切的坐在那里，颓唐而凄楚，远没有少年时代的奋发的态度。所能看出他未泯的雄心的，只有炯炯有光的尖利的双眼。

他凄然的叹道：“我是来归了！”

曾九喜欢得跳起来，笑道：“哈，哈，俊哥，都在我身上，保你没事，还有官做！”

“但来归的还不止是我一人呢。”

曾九有些惶惑，减少了刚才的高兴。

“我是奉了忠王的命，来接洽彼此合作的事的；南京城可以立即让渡给你……”

这不意的福音，使曾九又炽起了狂欣；他热烈的执了公俊的双手，说道：“俊哥，你毕竟不凡，立下了这不世的大功！都在我身上！功名富贵！大大的一个官！少屠戮了千千万万的无辜的军民，这功德是够大的了！俊哥，你这话不假么？”

公俊冷冷的说道：“不假，不假！”

曾九大喜道：“来，俊哥，该痛喝几杯，我们细谈这事。”

“但还不是喝贺酒的时候呢。”

曾九为之一怔。

“这合作是有条件的，这条件很简单，说难，不难；说易，却也不易。全在你老哥的身上。”

“……”

“条件是：我们只愿与我们自己的兄弟们合作，却决不归降虏廷！”

“这话怎么讲的？”曾九陷入泥潭里了。

“这很明白：我们并不欲放弃了民族复兴的运动。我们仍然是反抗虏廷到底；不过，我们却可以无条件的与湘军合作。不过……”

“……”曾九回答不出什么，但他知道，这必有下文。

“不过，曾家军得脱离了满廷！”

如一声霹雳似的，震得曾九身摇头昏。他有点受不住！

“这是……怎么……说的！俊……哥！”

“这就是说，由湘军和我们合作起来，来继续这未竟的民族革命的工作。我们知道，力量是足够的。我们愿为马前的走卒，放弃了自己的一切，只求中国能够自由、解放。”

曾九抱了头，好久不说话。他如坠入深渊。这不意的打击太大了，他有点经不住！

“要我们叛国，要我们犯大逆不道之罪！好不狠毒的反间计！要不是你，第二个人要敢说这话，立刻绑去杀了！”他良久，勉强集中了勇气说道。

公俊恳挚的说道：“九哥，我们是一片的血忱，决无丝毫的嫁祸之心，更说不上什么反间计。正为了中国的自由、解放，我们才肯放弃了一切，我们不愿意看见自己兄弟们之间的残杀。我们可以抛开一切的主张，乃至信仰，但有一个最后的立场：宁给家人，不给敌人！和家人，什么都可以妥协、磋商，放弃；但对于世仇，却是要搏击到底的！唉！……可惜这几年来，相与周旋着的却只是家人，而不是敌虏！九哥，这够多么痛心的！九哥，为了中国，为了为奴为仆的祖先们，为了千千万万的人自由、解放，为了我们子孙们的生存，九哥，我恳求你接受了我们的条件。我们是在等待着你的合作，只要你一决定下来！九哥，我为了中国，为了苍生。在这里向你下跪了！”

说着，便离座，直僵僵的跪在曾九面前，不止的磕头，恳求着，泪流满面，语声是呜咽模糊。

曾九也感得凄然，双手挽了公俊立起。“快不要这样了，使我难受！且缓缓的谈着吧。”

“只是一个决定，便可以救出千千万万人，便可以立下大功大业；否则，不仅对不起祖先们，也将对不住子孙们呢。”

“且缓几时再谈这事吧。俊哥，你也够辛苦的了，就在我的内书房里静养几天吧。”

便把公俊让到内书房里，请一个幕客在陪伴他，其实是软禁，不让他出入，或通消息。里里外外都是监视的人。

曾九也不是不曾想到这伟大的勋业。但他是骑在老虎背上，急切的下不来。也和国藩所想的一样，他们如果一旦转变了，他们便将立即丧失了其所有的一切。他们很明白：之所以能够鼓动军心，之所以能够支持这局面的真实原因之所在。曾九还有些锐气，不能下人。已是沸沸腾腾的蜚语流言。国藩是持之以极谨慎小心的态度的。虏廷并不是呆子，也已四面布好了棋子。说是湘军的无敌，其实，力量也并不怎么特别强。淮军、满军，以及常胜军是环伺于其左右。一旦有事，胜算是很难操在手里的。何况湘军，那子弟兵，也不一定便绝对的听从曾氏兄弟的命令。那里面，派别和小组的势力，是坚固的支配着。曾氏兄弟是很明了这里面的实情的。

饱于世故的人肯放下了到口的食物而去企求不可必得的渺茫的事业么？当然是不干的！

那良心，一瞬间的曾被转动，立刻便又为利害之念所罩遮。

为了故友的情感，还想劝说公俊放弃他的主张，但公俊的心却是钢铁般的不可撼动。

九

压不住众口，公俊要求合作的一席话，便被纷纷藉藉的作为流言而传说着，夹杂着许多妒忌的蜚语。

国藩听到了这事，立刻派人来提走公俊，曾九辗转的几次的要设法庇护他，但关系太大了，为了自己的利害，只好牺牲掉故友。

公俊便被囚在国藩的监狱里。究竟为了乡谊，他是比其他囚人受着优待的。他住在一间单独的囚室，虽然潮湿不堪，却还有木床。护守着的兵士们，都是湖南口音的，喉音怪重浊的，却也怪亲切。他们都不难为他，都敬重他，不时仍投射他以同情的眼光，虽然不敢和他交谈。

内外消息间隔，太平军如今是怎样的情形，公俊一毫不知，但他相信那运命的巨爪，必已最后的攫捉下去。

被囚的人是一天天的多，尽有熟识的面孔，点点头便被驱押过去。

公俊反倒没有什么顾虑，断定了不可救药的痛心与失望之后，他倒坦然了，坐待自己的最后的运命。

国藩老不敢提他出来，公开的鞫问。怕他当大众面前说出什么不逊的话来，只是把他囚禁在那里。

公俊一天天的在那狭小的铁栅里，度着无聊而灰心的生活。当夕阳的光，射在铁栅上的时候，他间或拖上了仅存的那污破的鞋子，在五尺的狭笼间来回的踱着方步，微仰着头颅，挺着胸脯，像被闭在笼中的狮虎。

外面的卫士们幽灵似的在植立着，不说一句话。

刀环及枪环在铿铿的作响。

间或远远的飘进了一声两声喉音重浊的湖南人的乡谈，觉得怪亲切的。

复坐在木床上、闭了目，仿佛便看见那故居廊下的海棠，梧桐和荷花。盆菊该有了蓓蕾。荷是将残了，圆叶显着焦黄残破。阶下的凤仙花，正在采子的时候。

一缕的乡愁，无端的飘过心头，有点温馨和凄楚的交杂的情味儿。

闭了眼，镇摄着精神，突听见有许多人走来的足步声。

一群的雄武的弁兵，拥着一个高级将官走来。

“俊哥。”这熟悉的声音在耳边叫着。

他张开了眼，站在他面前的是曾九！

“好不容易再见到你，俊哥，我虽在军前，没有一刻忘记了你。我写了多少信，流着泪，在写着，恳求大哥保全着你。”说着，有点凄楚，“好！现在是大事全定了，你可以保全了，只不过……”底下的话再也说不出来。

公俊的双眼是那样的炯炯可畏，足以震慑住他，不让说下去。

“怎样？局面平定？”如已判了死刑的囚犯听见宣布行刑日期似的，并不过度的惊惶，脸色却变得惨白。

曾九有些不忍，但点点头。

“究竟是怎样的？”

“南京攻下了，李秀成也已为我军所捕得。大事全定。俊哥，我劝你死了心吧，跟从了我们……”

公俊凝定着眼球，空无所见的望着对墙，不知自己置于何所，飘飘浮浮的，浑身有点凉冷。

流不出痛心的泪来。

“还是早点给我一个结局吧，看在老友的面上。我恳求你，这心底的痛楚我受不了！”

曾九避了脸不敢看他，眼中也有了泪光，预备好了的千言万语，带来的赦免的喜悦，全都在无形中丧失掉。

他呆呆的站在那里。

“给我一个结局吧，无论用什么都可以！我受不住，我立刻便要毁去自己！”

良久，曾九勉强的说道：“俊哥，别这么着！我带来的是赦免，并不是判决！”

公俊摇摇头。“只求一死！”

“等几时余贼平了时，你可以自由，爱到哪里便可上哪里去。故宅也仍在那里，你家人也都还平安。”

“不，不，只求一死！个人的自由算得了什么，当整个民族的自由，已为不肖的子孙们所出卖的时候！”

怕再有什么不逊的难听的话说出来，曾九站不住，便转身走了。

“俊哥，请你再想想，不必这么坚执！”

“不，只求一死！快给我一个结局，我感谢你不尽！”

那一群人远远的走了。公俊倒在床上，自己支持不住，便哀痛的大哭起来。

夕阳的最后的一缕光芒，微弱的照射在铁栅上，画在地上的格子，是那末灰淡。

铁栅外，卫士们的刀环在铿铿的作响。

1923年6月3日写毕

国家新闻出版广电总局
首届向全国推荐中华优秀传统文化普及图书

大家小书书目

国学救亡讲演录	章太炎 著 蒙 木 编
门外文谈	鲁 迅 著
经典常谈	朱自清 著
语言与文化	罗常培 著
习坎庸言校正	罗 庸 著 杜志勇 校注
鸭池十讲（增订本）	罗 庸 著 杜志勇 编订
古代汉语常识	王 力 著
国学概论新编	谭正璧 编著
文言尺牍入门	谭正璧 著
日用交谊尺牍	谭正璧 著
敦煌学概论	姜亮夫 著
训诂简论	陆宗达 著
金石丛话	施蛰存 著
常识	周有光 著 叶 芳 编
文言津逮	张中行 著
经学常谈	屈守元 著
国学讲演录	程应镠 著
英语学习	李赋宁 著
中国字典史略	刘叶秋 著
语文修养	刘叶秋 著
笔祸史谈丛	黄 裳 著
古典目录学浅说	来新夏 著
闲谈写对联	白化文 著
汉字知识	郭锡良 著
怎样使用标点符号（增订本）	苏培成 著
汉字构型学讲座	王 宁 著

诗境浅说	俞陛云　著
唐五代词境浅说	俞陛云　著
北宋词境浅说	俞陛云　著
南宋词境浅说	俞陛云　著
人间词话新注	王国维　著　滕咸惠　校注
苏辛词说	顾　随　著　陈　均　校
诗论	朱光潜　著
唐五代两宋词史稿	郑振铎　著
唐诗杂论	闻一多　著
诗词格律概要	王　力　著
唐宋词欣赏	夏承焘　著
槐屋古诗说	俞平伯　著
词学十讲	龙榆生　著
词曲概论	龙榆生　著
唐宋词格律	龙榆生　著
楚辞讲录	姜亮夫　著
读词偶记	詹安泰　著
中国古典诗歌讲稿	浦江清　著 浦汉明　彭书麟　整理
唐人绝句启蒙	李霁野　著
唐宋词启蒙	李霁野　著
唐诗研究	胡云翼　著
风诗心赏	萧涤非　著　萧光乾　萧海川　编
人民诗人杜甫	萧涤非　著　萧光乾　萧海川　编
唐宋词概说	吴世昌　著
宋词赏析	沈祖棻　著
唐人七绝诗浅释	沈祖棻　著
道教徒的诗人李白及其痛苦	李长之　著
英美现代诗谈	王佐良　著　董伯韬　编
闲坐说诗经	金性尧　著
陶渊明批评	萧望卿　著

古典诗文述略	吴小如　著
诗的魅力 ——郑敏谈外国诗歌	郑　敏　著
新诗与传统	郑　敏　著
一诗一世界	邵燕祥　著
舒芜说诗	舒　芜　著
名篇词例选说	叶嘉莹　著
汉魏六朝诗简说	王运熙　著　董伯韬　编
唐诗纵横谈	周勋初　著
楚辞讲座	汤炳正　著 汤序波　汤文瑞　整理
好诗不厌百回读	袁行霈　著
山水有清音 ——古代山水田园诗鉴要	葛晓音　著
红楼梦考证	胡　适　著
《水浒传》考证	胡　适　著
《水浒传》与中国社会	萨孟武　著
《西游记》与中国古代政治	萨孟武　著
《红楼梦》与中国旧家庭	萨孟武　著
《金瓶梅》人物	孟　超　著　张光宇　绘
水泊梁山英雄谱	孟　超　著　张光宇　绘
水浒五论	聂绀弩　著
《三国演义》试论	董每戡　著
《红楼梦》的艺术生命	吴组缃　著　刘勇强　编
《红楼梦》探源	吴世昌　著
《西游记》漫话	林　庚　著
史诗《红楼梦》	何其芳　著 王叔晖　图　蒙　木　编
细说红楼	周绍良　著
红楼小讲	周汝昌　著　周伦玲　整理

曹雪芹的故事　　周汝昌 著　周伦玲 整理
古典小说漫稿　　吴小如 著
三生石上旧精魂——中国古代小说与宗教　　白化文 著
《金瓶梅》十二讲　　宁宗一 著
中国古典小说十五讲　　宁宗一 著
古体小说论要　　程毅中 著
近体小说论要　　程毅中 著
《聊斋志异》面面观　　马振方 著
《儒林外史》简说　　何满子 著

我的杂学　　周作人 著　张丽华 编
写作常谈　　叶圣陶 著
中国骈文概论　　瞿兑之 著
谈修养　　朱光潜 著
给青年的十二封信　　朱光潜 著
论雅俗共赏　　朱自清 著
文学概论讲义　　老　舍 著
中国文学史导论　　罗　庸 著　杜志勇 辑校
给少男少女　　李霁野 著
古典文学略述　　王季思 著　王兆凯 编
古典戏曲略说　　王季思 著　王兆凯 编
鲁迅批判　　李长之 著
唐代进士行卷与文学　　程千帆 著
说八股　　启　功　张中行　金克木 著
译余偶拾　　杨宪益 著
文学漫识　　杨宪益 著
三国谈心录　　金性尧 著
夜阑话韩柳　　金性尧 著
漫谈西方文学　　李赋宁 著
历代笔记概述　　刘叶秋 著

周作人概观	舒　芜　著
古代文学入门	王运熙　著　董伯韬　编
有琴一张	资中筠　著
中国文化与世界文化	乐黛云　著
新文学小讲	严家炎　著
回归，还是出发	高尔泰　著
文学的阅读	洪子诚　著
中国文学1949—1989	洪子诚　著
鲁迅作品细读	钱理群　著
中国戏曲	么书仪　著
元曲十题	么书仪　著
唐宋八大家 ——古代散文的典范	葛晓音　选译
辛亥革命亲历记	吴玉章　著
中国历史讲话	熊十力　著
中国史学入门	顾颉刚　著　何启君　整理
秦汉的方士与儒生	顾颉刚　著
三国史话	吕思勉　著
史学要论	李大钊　著
中国近代史	蒋廷黻　著
民族与古代中国史	傅斯年　著
五谷史话	万国鼎　著　徐定懿　编
民族文话	郑振铎　著
史料与史学	翦伯赞　著
秦汉史九讲	翦伯赞　著
唐代社会概略	黄现璠　著
清史简述	郑天挺　著
两汉社会生活概述	谢国桢　著
中国文化与中国的兵	雷海宗　著
元史讲座	韩儒林　著

魏晋南北朝史稿	贺昌群　著
汉唐精神	贺昌群　著
海上丝路与文化交流	常任侠　著
中国史纲	张荫麟　著
两宋史纲	张荫麟　著
北宋政治改革家王安石	邓广铭　著
从紫禁城到故宫 ——营建、艺术、史事	单士元　著
春秋史	童书业　著
明史简述	吴　晗　著
朱元璋传	吴　晗　著
明朝开国史	吴　晗　著
旧史新谈	吴　晗　著　习　之　编
史学遗产六讲	白寿彝　著
先秦思想讲话	杨向奎　著
司马迁之人格与风格	李长之　著
历史人物	郭沫若　著
屈原研究（增订本）	郭沫若　著
考古寻根记	苏秉琦　著
舆地勾稽六十年	谭其骧　著
魏晋南北朝隋唐史	唐长孺　著
秦汉史略	何兹全　著
魏晋南北朝史略	何兹全　著
司马迁	季镇淮　著
唐王朝的崛起与兴盛	汪　篯　著
南北朝史话	程应镠　著
二千年间	胡　绳　著
论三国人物	方诗铭　著
辽代史话	陈　述　著
考古发现与中西文化交流	宿　白　著
清史三百年	戴　逸　著

清史寻踪	戴　逸　著
走出中国近代史	章开沅　著
中国古代政治文明讲略	张传玺　著
艺术、神话与祭祀	张光直　著 刘　静　乌鲁木加甫　译
中国古代衣食住行	许嘉璐　著
辽夏金元小史	邱树森　著
中国古代史学十讲	瞿林东　著
历代官制概述	瞿宣颖　著
宾虹论画	黄宾虹　著
中国绘画史	陈师曾　著
和青年朋友谈书法	沈尹默　著
中国画法研究	吕凤子　著
桥梁史话	茅以升　著
中国戏剧史讲座	周贻白　著
中国戏剧简史	董每戡　著
西洋戏剧简史	董每戡　著
俞平伯说昆曲	俞平伯　著　陈　均　编
新建筑与流派	童　寯　著
论园	童　寯　著
拙匠随笔	梁思成　著　林　洙　编
中国建筑艺术	梁思成　著　林　洙　编
沈从文讲文物	沈从文　著　王　风　编
中国画的艺术	徐悲鸿　著　马小起　编
中国绘画史纲	傅抱石　著
龙坡谈艺	台静农　著
中国舞蹈史话	常任侠　著
中国美术史谈	常任侠　著
说书与戏曲	金受申　著
世界美术名作二十讲	傅　雷　著

中国画论体系及其批评	李长之　著
金石书画漫谈	启　功　著　赵仁珪　编
吞山怀谷 ——中国山水园林艺术	汪菊渊　著
故宫探微	朱家溍　著
中国古代音乐与舞蹈	阴法鲁　著　刘玉才　编
梓翁说园	陈从周　著
旧戏新谈	黄　裳　著
民间年画十讲	王树村　著　姜彦文　编
民间美术与民俗	王树村　著　姜彦文　编
长城史话	罗哲文　著
天工人巧 ——中国古园林六讲	罗哲文　著
现代建筑奠基人	罗小未　著
世界桥梁趣谈	唐寰澄　著
如何欣赏一座桥	唐寰澄　著
桥梁的故事	唐寰澄　著
园林的意境	周维权　著
万方安和 ——皇家园林的故事	周维权　著
乡土漫谈	陈志华　著
现代建筑的故事	吴焕加　著
中国古代建筑概说	傅熹年　著
简易哲学纲要	蔡元培　著
大学教育	蔡元培　著 北大元培学院　编
老子、孔子、墨子及其学派	梁启超　著
春秋战国思想史话	嵇文甫　著
晚明思想史论	嵇文甫　著
新人生论	冯友兰　著

中国哲学与未来世界哲学	冯友兰　著
谈美	朱光潜　著
谈美书简	朱光潜　著
中国古代心理学思想	潘　菽　著
新人生观	罗家伦　著
佛教基本知识	周叔迦　著
儒学述要	罗　庸　著　杜志勇　辑校
老子其人其书及其学派	詹剑峰　著
周易简要	李镜池　著　李铭建　编
希腊漫话	罗念生　著
佛教常识答问	赵朴初　著
维也纳学派哲学	洪　谦　著
大一统与儒家思想	杨向奎　著
孔子的故事	李长之　著
西洋哲学史	李长之　著
哲学讲话	艾思奇　著
中国文化六讲	何兹全　著
墨子与墨家	任继愈　著
中华慧命续千年	萧萐父　著
儒学十讲	汤一介　著
汉化佛教与佛寺	白化文　著
传统文化六讲	金开诚　著　金舒年　徐令缘　编
美是自由的象征	高尔泰　著
艺术的觉醒	高尔泰　著
中华文化片论	冯天瑜　著
儒者的智慧	郭齐勇　著

中国政治思想史	吕思勉　著
市政制度	张慰慈　著
政治学大纲	张慰慈　著
民俗与迷信	江绍原　著　陈泳超　整理

政治的学问	钱端升 著 钱元强 编
从古典经济学派到马克思	陈岱孙 著
乡土中国	费孝通 著
社会调查自白	费孝通 著
怎样做好律师	张思之 著 孙国栋 编
中西之交	陈乐民 著
律师与法治	江 平 著 孙国栋 编
中华法文化史镜鉴	张晋藩 著
新闻艺术（增订本）	徐铸成 著
经济学常识	吴敬琏 著 马国川 编

中国化学史稿	张子高 编著
中国机械工程发明史	刘仙洲 著
天道与人文	竺可桢 著 施爱东 编
中国医学史略	范行准 著
优选法与统筹法平话	华罗庚 著
数学知识竞赛五讲	华罗庚 著
中国历史上的科学发明（插图本）	钱伟长 著

出版说明

“大家小书”多是一代大家的经典著作，在还属于手抄的著述年代里，每个字都是经过作者精琢细磨之后所拣选的。为尊重作者写作习惯和遣词风格、尊重语言文字自身发展流变的规律，为读者提供一个可靠的版本，“大家小书”对于已经经典化的作品不进行现代汉语的规范化处理。

提请读者特别注意。

北京出版社